U0948451

落英缤纷

贾海修 编著

中原出版传媒集团
大地传媒
大象出版社
·郑州·

图书在版编目(CIP)数据

落英缤纷 / 贾海修编著.— 郑州 ：大象出版社，2017. 9

ISBN 978-7-5347-9448-3

Ⅰ. ①落… Ⅱ. ①贾… Ⅲ. ①中国文学—当代文学—作品综合集 Ⅳ. ①I217. 1

中国版本图书馆 CIP 数据核字(2017)第 163396 号

落英缤纷

LUOYING BINFEN

贾海修 编著

出 版 人 董中山
责任编辑 范 倩
责任校对 毛 路 张迎娟
装帧设计 王莉娟

出版发行 大象出版社(郑州市开元路 16 号 邮政编码 450044)
发行科 0371-63863551 总编室 0371-65597936
网 址 www.daxiang.cn
印 刷 洛阳和众印刷有限公司
经 销 各地新华书店经销
开 本 880mm×1230mm 1/32
印 张 7.25
字 数 152 千字
版 次 2017 年 9 月第 1 版 2017 年 9 月第 1 次印刷
定 价 20.00 元

序

陈胜展

前几日，与好友海修兄通话说点事情，末了，他笑着说：“你给我即将出版的新书写个序呗！”我说：“我会中？”他坏笑：“可中！你不打电话我还真想不起来让你写。”我竟然答应了：“你把书稿和书名发我邮箱吧！”

晚上，我对着几十篇书稿和“落英缤纷”的书名，越想越觉得不对劲：这家伙说不打电话都想不起来让我写，看来人家就是“虚让”，我竟不知深浅地应允了，岂不是让人家“让掉了一回”，我也“无须可拈，无字落笺”！

想想人家可是作家云集之地的大家、领导，他的书让我作序，岂不是拿出“等子”（戥子）称石磙，那咋看也不能对称啊！所以，一再推托，想留给人家体面的换人之辞。可是，他却连日催促，还蛮认真，我更愿意相信人家是以友情为贵，便展卷抒怀了！

我非名人，更非名家。为人作序，不敢以题跋之势引导意向，指领读者，更不敢妄评妄议误导读者。但作为文友、挚友，对其为人、为文的背景和内心还算了解，我想谈文之外、情之内的花絮，也许能让读者入其境、解其意，甚至“窥底”！就像是那个有才也有傲骨，传说中竟敢让高力士为其脱靴、杨玉环为其研墨的李太白，都知道他“人生得意须尽欢，莫使金樽空对月”的豪放，可难知他“抽刀断水水更流，举杯消愁愁更愁”时内心有多少无奈和苦楚！再如海修兄在同学、同事眼中“风流成性”，情商至高，老夫也发少年狂——哈，苏东坡称老夫时也才四十多岁——他见美女必拥抱“示爱”，以为“放浪”，但从来发乎情、止乎礼，从没听说过他有“出格之事”，且兄唱嫂随，其乐融融、深情满满，家庭责任感不言而喻！透过镜片下那双不大却依然明亮的眼，亦能洞察到他安然无澜之心！在单位随和低调，无欲无争，融入感强！别人有用到他之时，他应诺时虽“油腔滑调”，但落实时却“硬底硬帮”！

“落英缤纷”本出明贤之篇《桃花源记》：“忽逢桃花林，夹岸数百步，中无杂树，芳草鲜美，落英缤纷……”陶渊明，大家都知道，具超然物外的情怀和自然天成、真朴淳厚的文风。“不为五斗米折腰，不受案牍之形”，是“采菊东篱下，悠然见南山”的真隐士。元好问曾诗评陶公道：“一语天然万古新，豪华落尽见真淳。”想想海修兄从《抱朴守拙》到即将付梓之作《落英缤纷》，都是一些生活中的乡亲、乡里、亲情、友情，家长里短的点滴实事、实见、实闻，一如乡间孩子的无掩喃语，更是苍苍归者的久积乡愁！字里行间满满的真情、真趣、真心迹！

《落英缤纷》的架构篇幅，海修兄专辑著文及与读者思想碰撞后的共鸣和交融，读评汇集，足见其对读者的尊重，渴求与人互通情感的真诚！在这个天下匆匆的“忙时代”，其守静远，每天恒而不辍地谈人生感悟，撷箴言名句，透出其知行于大道间的自我选择，也足见其生活久酿之醇和守善守真的童愿初心！

至此，我才真正理解了古之俗语“小隐隐于野，中隐隐于市，大隐隐于朝”的意涵，如海修兄这般有职有责有成之士，尚有闲逸洒脱之行、《抱朴守拙》之念，纵于《落英缤纷》间，依然算得隐士了！

哈，自以为序。

2016年8月29日深夜

（作者系嵩县人民政府副县长、河南省作协会员）

目　录

第二辑 玉·言

第三辑　话 · 拙

第四辑　语 · 录

第一辑

贾·说

贾，不假。凡尘横刀立马。
与世逐流数十载，坦荡走天涯。
文章说古论今，最不过寻常小事。
凭他时光蹉跎，初心未改。

父亲的水泵厂

上月送母亲回建国弟那里小住，从五楼向窗外看去，发现水泵厂原来很宽很长的四个车间不见了，记忆中新盖的职工食堂不见了，原来四层楼高的办公楼也不见了，只有杂草丛生的宽大的空旷的院落。此境此景，让我浮想联翩。

水泵厂大门仍在，大门两侧原是临街的两排平房，好像是红瓦蓝墙。父亲和老刘伯就住在东侧平房最东头靠北一间。窗下有张三斗桌，平时上着锁，桌子两侧有两张单人床，西侧那张是父亲的，也是我的，因为我的小学节假日时光，都是随父亲在这张床上度过的。

夏天蚊子多，床上要撑蚊帐。躺在凉席上，听着蚊子在蚊帐外嗡嗡飞叫，觉着跟轻音乐一般好听，听着老刘伯还有父亲拍打扇子的呼呼声和啪啪声，也觉着跟摇篮曲一样催眠。有时候晚上太热，父亲便带着我，拿上凉席，到厂子里的大路旁席地安卧。白天父亲上班了，我就拿着父亲给我买的小人书《农夫与蛇》等，反复翻看。下班了，特别是晚饭后，父亲还有老刘伯就会领着我到陇海铁路边散步——水泵厂就在铁路边，在铁轨道砟旁，大人们闲谈着，我则好奇地专注地观看过往的火车，有时数数火车有多少节，有时察看火车拉了什么，有时还和火车比赛谁跑得快，有时还想，这火车长长的，一节节的，拐弯蜿蜒前行的样子咋和长虫一样呢。

冬天房间里要生煤火，烧的是蜂窝煤，整个房间暖烘烘的。父亲在窗棂上挂了一支红水温度计，屋子热了，里面的煤油柱就上升，凉了，就下降，很好玩。我把它拿下来，靠近煤火，发现那煤油柱会噌噌地往上蹿，离开煤火后，那煤油柱又很快回落，更好玩。反复折腾几次也不觉得烦。最后一次，大概是离煤火太近了，只听见“嘭”的一声，温度计的末端，也就是靠近火的那头儿炸裂开来。我吓了一跳，手足无措，不知如何是好。好在房间里只有我一个人，我愣了一会儿，想了一会儿，发现没有什么好的办法来挽救它，只好又把温度计挂在窗棂上，远远看去，是看不到温度计坏了的。父亲回来，我也不敢吭声。这件事就蒙了过去。父亲从未问起过，我也一直没有向父亲主动承认。

父亲房间与食堂大厅连着，饭厅是个宽二三十米长四五十米的大房子，房顶有好几个风扇。父亲是厨师，伺候着水泵厂二三百工人的吃喝。每到开饭的时候，五六个售饭窗口都会排起长长的队列，而父亲所在的窗口排的队伍最长。父亲人缘很好，不光慈眉善目，为人更是厚道。他打的饭，估计分量十足，品相好，受欢迎。我跟着父亲在厂子里走动，几乎每个人都会给父亲打招呼，或是叫“贾师傅”，或是叫“贾先儿”（先儿，师傅的简称，偃师土话，也叫仙儿），几乎没有叫“老贾”的。后来父亲为了有更多空闲时间照顾家里，就申请改为烧锅炉，这样做好晚饭后，他可以回到家里伺候农活。再后来，他又申请到了门卫，也是为了轮班时可以有更多空闲时间伺候老家那几亩责任田。再后来呢，就申请办了病退，也是为了更好地供养已经上大学的我。

食堂的饭让我记忆犹新，特别是那鸡蛋番茄汤面条的味道我终生难忘。小学五年级时，可能是蚊子叮咬，我连续几天发烧头痛，吃药也不管用。我就给六叔说，上次头痛就是在俺爹厂里吃了鸡蛋番茄汤面条后不痛了。六叔听信我的话，用自行车驮我到父亲厂里，父亲赶紧送我到城关医院，当时我已昏迷。最后转至高龙医院。因为唐山地震了，县医院里全是伤病员。如果不是父亲食堂面条的味道引诱着我，我可能连面条汤也喝不上了。

食堂南侧是车库。水泵厂那时很红火，有两辆卡车。那时的乡下是很少见到汽车的。坐汽车是一种梦想。吃过饭没事了，我就和厂里的子弟玩耍。他们是城里人，我是乡下人，没有他们有心眼儿。一个伙伴曾问我："你叫什么名字？"我说我叫什么什么。这个伙伴就又问我："你怎么不问我叫什么呢？"我就问："你叫啥呢？"这个伙伴说："我叫狗来问！"我脸一红，扭头走了，不给他们玩了，都成狗了，有什么好玩？我就跑到车库看师傅们修车。看着师傅们把汽车拆得七零八落，很是稀奇。师傅们很喜欢我这长相周正的孩子，当然他们也知道我是食堂贾师傅的孩子，就让我帮着递这递那。车修好了，他们叫我坐上汽车到洛阳城逛了一圈儿，这好像是我第一次坐专车嘞。

水泵厂北半部是生活区、办公区，南半部是生产区，生产区西部有四个东西通透的大车间，我从没见过那么大的房子。东部有职工浴池。父亲每周总要带我到里面洗澡。澡堂外面有个大风扇，看到女工们在风扇前"搔首弄姿"、意气风发，觉着很美，也很是羡慕。进了澡堂，职工们都给父亲打招呼，也都逗我，还哄我扎猛子，就是看在水里能闷多长时间。为此我喝了不少洗澡水。那么多人在那池子里泡，你能想到那洗澡水该有多脏！

最后一次住在水泵厂是那一年高考。考生都住在县政府招待所，是大通铺，嘈杂闷热。头天晚上热得受不了，我还跑到楼顶上睡，结果又遇到暴雨。第二天晚上，我就到水泵厂过夜，父亲和老刘伯都特意整夜不归，好让我专心复习。在饭厅里，在白炽灯下，在徐徐转动的吊扇下，我搬个小板凳坐着，饭厅里空旷寂静，只有风叶转动的声音，我翻看着第二天要考的历史课本，直到午夜。结果是，那年高考我发挥得最好，是学校应届生中唯一一个上了大学本科的学生。

如今，父亲的水泵厂已经不复存在，成了一片废墟。父亲也已经过世，老刘伯比父亲走得还早。然而，水泵厂给我带来的幸福时光永远留在我的记忆深处，父亲和他的水泵厂永远存活在我的心中。

我的乡愁

眨眼已届天命之年，我的最大变化是，每到周末总想回趟老家。为什么要回老家，还真没有仔细想过。

是看望母亲吗？母亲含辛茹苦把我们兄妹四个抚养成人，促其上学，帮其成家，带其子女，十分不易。回想二十多年前母亲来洛阳帮我们带孩子，当时她也不过五十多岁的年纪，然而那时就觉得她有点苍老甚至笨拙。虽然苍老笨拙，但母亲对我们一家的饮食起居关心备至，那种小心翼翼的举止、战战兢兢的言谈，让我记忆犹新。在她不习惯的城市，母亲尽着她的绵薄之力。现在，她的孙子已二十多岁，母亲也八十多岁了，进入耄耋之年。而我们所能做的，就是尽子女责任，让母亲颐养天年，周末常回家看看。母亲每每看见我从车上下来，就会小步趋跑过来，布满皱纹的脸笑逐颜开，边走边高声说，回来啦！孙子哩？咋带恁多东西嘞！当媳妇递给她每月的孝敬钱时，她会挥手让着说，有！有！你拿着！你拿着！当我们围着桌子吃饭时，她会笑呵呵地不断提醒我们吃这吃那。

是看望妹子吗？我有两个妹子，分住在相邻的两个村子。不管去哪个妹子家，媳妇总会提前打个电话说，我们现在从洛阳出发，约一个钟头到家，你哥想吃手擀面，做蒜面条吧。俩妹子家条件尚可，也知道我在吃上随意，但卫生要求高，她们得信儿会提前准备。到家了，地面整洁，光可鉴人，客厅整齐，窗明几净。落座片刻，手擀面就会端上来，面里会有几片绿绿的菠菜或红薯叶，浇勺蒜汁后再堆放厚厚一层金黄的炒鸡蛋，吃起来“呼呼”的，相当爽口。一两碗面下肚后，再喝碗面条汤，这顿饭就功德圆满了。

是想念叔婶吗？七叔八婶二十兄弟八姐妹及三四十个晚辈，是我们这个大家的基本构成。当你踏进村里，跨进家门，“回来啦”的问询声，“四哥四嫂”（我排行老四）、“四伯四娘”的呼唤声，句句真挚，声声实诚，还有乡邻乡亲的招呼声，拖拉机、摩托车、电动车的穿梭声，这一切声响可能就是我们回味无穷绵延不绝的乡音乡情。到四叔家里，四叔会问寒问暖，四婶会拿出刚出笼的包子。到五叔家里，五叔会吆喝当厨师的儿子做菜，五婶会央五叔下窖装满一整袋红薯让我们带走。这红薯是旱地红薯，皮红肉面，或蒸或煮，味道甜美。到六叔的地里采摘时令蔬菜和桃子，那蔬菜和鲜桃带回洛阳后能让我们吃上好几天。

是想念老家的沟沟坎坎吗？我在邙岭深处的坑子院里长大，这个院子养育一大家后又衍生六大家三四十口人。小时候，上学要爬几个陡坡到邙岭之巅的学校，这个学校让我与两百个同龄人一起读了小学读了初中。我们要下到沟地，上到东咀、庙咀、北梁、东梁的梯田里劳作，在麦田里拾麦穗，在玉米地里点化肥，在棉花地里摘棉花，从沟底井里往坡上旱地抬水点红薯苗。我们曾顺着山坡飞奔而下，然后在梦中跃起飞翔；我们曾在庄稼地里欢呼着追狗撵兔，在水沟里摸鳖抓泥鳅，在生产队果园里偷桃摘梨。二十多年后我曾和朋友多次回到老家，上坡下坎，登高望远，跋山涉水，指点沟壑，给他们讲这儿曾是眼老深井，那儿曾有棵老槐树，这儿是谁家，那儿又是谁住。看窑洞仍在，想物是人非，看村民新居，想沧桑巨变，时不时地感慨万千、唏嘘再三。

我不知道，这是不是就是我魂牵梦绕的乡愁。

辰时日志

昨晚戌时，同学约聚九间堂。毕业百日，邀聚者诚。

酉时，携女阳阳绕道隋唐荷花园，见荷花若干，莲蓬林立，已逝无穷碧和别样红的壮观景致。然而，适逢周末，池畔流连者众，有孩童写生，有老人留影，有中年垂钓，有青年谈情，游人如织，闹中有静。

再观荷花，虽荷影难觅，花色单一，但影单更显别致，含苞挺拔，傲视绿野；孑然一身，盛开独放；莲蓬如拳，结实而立。花瓣或有凋零，荷叶或成残色，但阳光下，其白耀眼，其红夺目，其绿盎然，其残壮观。

戌时，至九间堂，见众同学席地而坐，品茶艺，听洞箫，观曼舞，诵经典，饮凉啤，吃蒜面，忆复旦学习之情，叙上海分手之谊，谈笑风生，其意融融。

亥时，赶到洛阳理工学院球场，与球友切磋，大汗淋漓，快哉身心。

子时，回家看佳片《美丽人生》，德寇集中营里，一孩童在父亲百般护爱下奇迹般幸福存活到被美军解救，在残酷环境中，孩童竟觉人生美丽。观影后，感叹感动，丑时不眠，想白昼所历，遂撷九帖荷照，名其《美丽人生》。

朝起，看微信，见点赞潮涌，其中评论尤奇。如梅芳显才情：洛阳之荷，清雅婀娜，美而不语，幽香四溢。华雄示佳句：美到绝尘脱俗！叫人赏心悦目！冰冰更其名：美丽“花”生。纪昌夸技艺：摄影水平越来越高了！素敏问哪里：宜阳莲花公园否？

读过感动，遂成此篇日志，以谢诸微信好友关注。

是为辰时。

鸡蛋茶

记得上大学时，暑假在家帮父亲打煤球，父亲央母亲冲盆鸡蛋茶端来。父亲知道我很爱喝。

什么是鸡蛋茶呢？就是取只鸡蛋，磕入盆中，用筷子把鸡蛋搅拌成均匀的蛋液，将沸水快速冲入盆中，鸡蛋茶就成了。

过去的农村，鸡蛋是稀罕物，自家人是舍不得吃的，要用它换钱，或者换柴米油盐。来亲戚贵客了，大方一点儿的，会给你冲碗鸡蛋茶，或给你做碗荷包蛋；如果留下吃饭，家人会炒个鸡蛋，捣点蒜汁，再擀一个馍剂儿（面团儿）的白面条，做成端上来。

无论是鸡蛋茶、荷包蛋还是鸡蛋蒜面条，在乡下，在我们家，那可是待客的最高礼遇了。我上大学时，农村还没有分田到户，鸡蛋仍然金贵，我这做儿子的能喝上父亲安排的鸡蛋茶，那真是托父母大人的福了。

鸡蛋茶不仅是乡下待客的最高礼遇，也是富有营养的上佳饮品。鸡蛋健脑益智，对神经系统和身体发育有很大的作用，也有着比较好的养胃作用。

父亲识很多字，但从没有正儿八经地上过学，对鸡蛋和鸡蛋茶的这些功用，父亲肯定不会知道得这么清楚全面。但鸡蛋很养人，这一点他们会记在心里，而且常常化作对儿子无微不至的关爱。

我上小学五年级的时候，可能由于农村卫生条件差，蚊虫叮咬使我得了脑炎，在医院诊治了半月之久，出院后，就住在父亲工作的水泵厂里休养。每天早上天还没亮，父亲就会把我叫醒，让我喝鸡蛋茶。那鸡蛋茶在很大的搪瓷碗里盛着，放在床头左侧的桌子上。碗里面的鸡蛋呈云彩状，在清澈的热水里悬浮着，那雪白的蛋清丝晶莹透明，橙黄的蛋黄丝鲜亮柔厚，汤底还藏着厚厚的一层白砂糖。父亲用筷子把白砂糖搅化，又吹了几下，端给我，看着我倚在床头把它喝光，才把碗拿走，回去上班。

那鸡蛋茶对我来说就是人间美味：它有着鲜鸡蛋的清香，白砂糖的甘甜，还渗透着泉水特有的味道。喝了它后，通体舒泰，浑身暖和，全身从上到下轻松自在，在初秋的早上，仍可拥被深眠，再次沉浸在美好的梦乡之中。

在父亲的水泵厂待了大概有两个月的时间，我每天早晨都能喝到父亲做的鸡蛋茶。正是因为喝了这两个月的鸡蛋茶，我的身体恢复得很快。

上大学了，我帮助家里打些煤球，义不容辞。虽然夏日炎炎，汗流浃背，但是父亲还记着我舌尖上的偏爱。我不清楚母亲是用几个鸡蛋做的鸡蛋茶，然而，那一大盆漂浮着鸡蛋花的汤水，那天我喝得一滴不剩，我打煤球的力气也分外充足。阳光下，穿着背心、裤头的我精神抖擞地干着活，地上那一排排整齐的煤球，就是我报答父母关爱的劳动成果。

母亲节

今天是母亲节。早上七点，八岁的阳阳对我媳妇说：舅妈，母亲节快乐！媳妇说：去给你妈打个电话。阳阳拨通后说：妈妈，母亲节快乐!

而此时，我的母亲，八十二岁了，坐在阳台上，背对着早晨的阳光，在一颗颗剥着花生。母亲前天下午来到洛阳，就一直剥花生，昨天还说指头疼，但今天还要剥，她说没有别的活可干。

我兄弟姊妹四个，天不亮就要走三四里路赶到学校上早自习，天黑还要上晚自习。每人长达十几年的上学时期，母亲每天叫我们起床洗脸，给我们做饭供我们每天三餐饭饱，坚持不懈，无丝毫怨言，或许这就是母亲在我们心中永恒的形象。

母亲不认识字，却默默无闻、含辛茹苦地让我们都上了小学、初中甚至大学，或许这就是母爱的内涵。母亲身体瘦小，然而，那七八亩责任田里的四季耕耘和收获，几乎全凭母亲一人劳作。母亲不善言语，她身为儿媳，我们不曾见过她与爷爷奶奶有任何争吵，也几乎没有见过她与我的娘婶叔姑主动争过什么、要过什么，更没有见过她骂过任何街邻。

母亲如今正安享晚年，她的两个儿媳都很孝顺，经常回家看她，秋冬时节还把她接到家里住一两个月。她的两个女儿照顾她的吃住，偶尔住院，她们更不离左右。我想，这是对母亲辛劳和奉献的最好报答。

五月到了，春暖花开，正是游玩北京的好时节。媳妇说：俩妹照护妈很辛苦，咱出钱让她姐妹俩到北京去玩玩，也把妈接到洛阳住几天。

母亲来洛阳后整天乐呵呵的。昨天，大妹从北京发来短信说：忙忙碌碌的我感觉轻松多了！又说：北京很好玩，不想回家了！

早上又接到姐妹俩发来的在八达岭长城上的照片，看着她们开心的样子，我只想说：今天母亲节，感觉真好！

小学那些事儿

我对老师的崇拜，是自育红班开始的。

我们那时不叫幼儿园，也不叫学前班，叫育红班。记得跟着育红班谭老师去沟地里拾麦穗，当时觉得老师左手背到身后，弯腰用右手捡拾麦穗的样子非常好看。老师如此弯腰，是因为个子高，而弯腰拾麦子时间长了，就会觉着腰酸腿困。但小孩子哪会知道这些，只是觉着好看，就纷纷模仿着老师的样子，小小的左手背到后面，胖乎乎的右手拾麦。其实小孩子个儿还没麦子高，根本不用弯腰，大人们还常说小孩子家哪里有腰哇。但从这点小事可以看出，老师一举手一投足，都对孩子们有着很大的影响，也能看出孩子们有着超强的模仿力。

模仿老师是崇拜老师的体现，孩子们觉得老师就是美好的象征、万能的主人。小学一年级时，我的语文课本由于保护和使用不善，书皮连同内页都卷了边，我觉得很不好看，带在身边有点丢人。我发现班主任魏老师的课本用了好多天依然很新，特别是魏老师拿着课本在教室巡回领读的时候，我就无心读书，眼巴巴地看着她手上的新书，心里想：我怎么才能有和老师一样新嘎嘎的书呢？第二天到教室后，我先报告魏老师：我的语文书昨天放学路上不小心弄丢了！老师很感惋惜，也没问我要钱，又去给我寻了一本新书，这让我如获至宝，好像再也没弄脏过。这件事让我觉得老师无所不能，对学生更是有求必应！这种情况现在分析看，是老师喜欢我这个学生的缘故。为什么喜欢？因为我那时长得好看，用现在的话说就是“帅哥”。也正是因为好看，到二年级时，我被魏老师挑中上舞台表演京剧《智取威虎山》的一段唱腔：“共产党员时刻听从党召唤，专拣重担挑在肩。一心要砸碎千年铁锁链，为人民开出（那）万代幸福泉。 明知征途有艰险，越是艰险越向前。任凭风云多变幻，革命的智慧能胜天。立下愚公移山志，能破万重困难关。一颗红心似火焰，化作利剑斩凶顽！”魏老师几次叫我站在教室门外唱，我都是唱到高音处就唱不下去了，这让她很失望。最后到全村台子上演唱的是另一个有点娘娘腔的同学，看着他身穿绿军装，唱到高音处高举右拳的“英雄”模样，我就恨自己，上台的本应该是我啊，就我浑身充满着英雄气概啊！这次挫折对我的打击和影响很深远，以至现在，我对唱歌都兴趣不大，偶尔唱出来，周围的人们都会侧目，我的同事、朋友都会言不由衷地夸我唱得好听，只有媳妇说我调子跑得不是很远，顶多从百货楼到东花坛，就连普通话水平也是标准的“洛普”。如果追根溯源，不能说那是老师对我失望造成的，归根到底还是自己不争气落下了心理障碍。

那个时候不仅要本新书不用掏钱，其实我们整个求学阶段基本上都没有花钱。育红班一分钱没花，小学、初中也就小学一年级时缴过一块钱，高中是一学期十块钱，大学不仅不用花钱，国家还管吃管住，那真是幸福的求学时光。那么，我们上学的钱从哪儿来呢？勤工俭学！勤工俭学是从小学开始的。也就是从一年级起，我们到了收麦的时候就要放假，帮助生产队收麦，也就是参加劳动。麦收罢了，我们就开学，开学后不是上课，而是挎着篮子，带瓶凉开水，这水里一般都要掺少许柿子醋，到沟沟坎坎的麦地里捡拾生产队收割过后遗留的麦穗；秋天霜降后，就开始收红薯，收了红薯，我们就会背上耙子，拿上袋子，到沟沟坎坎的红薯地里去“倒红薯”，中午或晚上了，就回去交到班里称重，然后集中到学校再卖给集体或个人。勤工俭学结束后，学校都会评一次奖。

为什么是“倒（dǎo）”红薯而不是“拾”红薯，我想有两种含义。一是倒腾。红薯不像麦子能从地里“拾”出来，它必须用锄头或三刺耙子从犁过的红薯地中再深挖出来。二是偷盗。红薯收罢遗留地下的红薯还有很多，生产队是不允许你去“倒”红薯的，他们会先用犁铧翻过并捡拾干净后才会让学生去“倒”，即使这样，犁过的红薯地如果再被翻腾也会使地面坑坑洼洼不利于下季耕种，生产队因此不喜欢学生去“倒”，而如果想去这些地里倒红薯，就必须起早贪黑趁人不备时去。倒红薯是很艰辛的劳动，有时要凭运气，我们拿着耙子使劲往地下挖，有时大半天不见一块红薯，如果看到红薯露头，那心情自然是如获至宝了。小学四年级时，在北梁的一块地里，我与一位同学并行挖着，我眼睛的余光突然发现他挖出一块红薯，大如拳头，深埋土层一尺以下，但是他没有看见，一耙子挖下去后那块红薯瞬间被覆盖，在红薯被盖住的当头，我放下耙子，大喊一声“有红薯！”扑了过去，可是，这个时候他把耙子又往左上抡了起来，那铁耙子头正中我的右眉骨，血顿时流了出来，我这个薯季的勤工俭学也就因此结束了。到现在，如果细看，那块疤痕还能隐隐约约地在浓密的眉毛中看到。这块疤痕，是那个年代勤工俭学的印记，是自食其力的见证，也是乡下快乐时光的留念。

初中那些事儿

20 世纪 70 年代，邙山腹地的小山村有小学和初中，甚至还办过高中，我的老家牙庄村就是这样。这应该是经济社会发展到一定程度才会有的现象。

我上初中的时候，刚好赶上粉碎“四人帮”，文化课由此被重视起来。从村子到学校，从老师到学生，莫不如此。我由于笨拙，更由于贪玩，学习不用功，而且爱偷懒，好长时间都没有融入这个求学的潮流里。如中午故意回家晚些，不为别的，就是想抄别人的数学作业。背课文，能蒙混过关就绝不会下劲儿背。

有天晚自习后，班主任也就是语文老师马振国抽查我给他背文言文《西门豹治邺》。到他办公室，马老师问我：会背吗？我毫不犹豫地答：会！老师说：那你给我背一下！我立马开始大声背诵：“魏文侯时，西门豹为邺令。豹往到邺，会长老，问之民所疾苦。长老曰：‘苦为河伯娶妇，以故渐贫。’豹问其故，对曰：‘邺三老、廷掾常岁赋敛百姓，收取其钱得数百万，用其二三十万为河伯娶妇，与祝巫共分其余钱持归。当其时，巫行视小家女好者，云：‘是当为河伯妇。’即娉取。”我口齿伶俐、背诵流畅，老师很惊诧，也很满意，然而，我背到“即娉取”这儿时卡壳了，老师等了半天见我没声音，不再背下去，就问：怎么不背了？你不是会背吗？我脸红着，低着头，脚跐着地，说：给老师背老紧张。老师听了，说：那你先回家，明天早上再给我背吧！我猜想，马老师肯定知道我不会背，也肯定知道那些个组长不会认真检查本组组员背诵。说句实话，我是真不会背《西门豹治邺》。文言文有点难，《西门豹治邺》有三段，我只是背了第一段的一半而已，但这一半达到了滚瓜烂熟的程度。

从老师办公室出来，已近夜里十点钟。初冬的夜没有月亮，路上也没有行人，除了狗叫，就是山村特有的寂静。我一个人提着小油灯，行走在回家的路上。小油灯由瓶子、煤油、灯芯、绳子、纸筒组成，瓶子是墨水瓶，灌装半瓶煤油，用绳子兜着瓶底和瓶身，瓶子上罩着用白纸卷着的纸筒。我们当时还管煤油叫洋油。那个时候有两种东西很紧俏，一是煤油，二是纸张，我们点灯用油、写作业和油印试卷用纸，经常需要跑到邻近的巩县（今巩义市）赵沟村购买。这个小油灯曾伴随了我初中三年的时光。晚上，教室里，一班四五十个人，每人桌上都会放盏小油灯，灯焰形如花生豆，光达咫尺，在它们的光照下，上数学、物理、化学晚自习时，我们做题，上语文、历史、地理晚自习时，我们背书。下了晚自习或来上早自习，我用它照亮回家或上学的路。

从学校回家要走六个下坡，大约五里路，落差有一百多米。这六个坡路短的有三四十米，长的有百十米，向东伸向沟底，一直延伸到家门口。我的家由十多间窑洞和三四间瓦房组成，我住在最北朝西的窑里。这个窑，我觉得是我们家中最美的，因为其他窑洞都没有用白石灰从上到下、从里到外抹平，它们最多是用黄泥掺白石灰抹的。回到窑里，我把小油灯放在床头，然后脱衣爬进被窝，打开语文课本，开始背《西门豹治邺》，逐段背完时，估计已是深夜。第二天早上五点多被母亲叫醒，我连忙穿衣，掂着小油灯，冒着晨冷，沿坡西上，到了学校，直接敲开马老师办公室的门，老师也刚洗漱完毕。我进屋站定，就给老师从头到尾背诵起《西门豹治邺》。“……西门豹即发民凿十二渠，引河水灌民田，田皆溉。当其时，民治渠少烦苦，不欲也。豹曰：‘民可以乐成，不可与虑始。今父老子弟虽患苦我，然百岁后期令父老子孙思我言。’至今皆得水利，民人以给足富。”当我流畅地背完后，老师说：怎么背得这么熟？我说：夜儿黑确实背了，给你背也确实紧张了。我没有如实向老师供述我深夜苦背的事实。

自此后，凡是课本上或是老师要求背诵的课文，我都会按时按要求背诵。上高中时的语文老师也姓马，曾在高二早自习时抽查过我背诵《岳阳楼记》，我轻松地圆满完成。我当语文老师后，多次给学生讲自己偷懒的“事迹”教育他们，也经常鼓励学生多多背诵文言文课文，以此来增强他们的古文底子，提高他们的写作水平，效果的确不错。

高中那些事儿

我的高中生活只有两年，我毕业后高中才都改成三年制。

我的高中在邙岭脚下，校门前和左侧都有泉水流过。记得到校报到时桐树叶已经落下，交给了学校十块钱学费。学校安排我们在门口东边的二层楼的一楼住宿，由东到西南北四排学生席地而睡，能睡五六十人。地是真正的地，土地。有个同学嫌地面不平，还从外面挖来泥土垫平后再铺上席子。天花板正中挂了一盏灯泡，夜晚一直微微亮着，照着起来尿尿的学生，尿桶就放在门口。借这微弱的灯光，我曾躲在被窝里读完了《青春之歌》。

早上五点多起来后，照例是跑步，跑步前照例要在球场集合，集合后照例是教导处石丙尧主任训话。两个年级八个班约四百名学生，齐刷刷地站在黎明前的微黑中，聆听石主任声色俱厉地讲纪律、提要求。这是个教育学生的很好的场合，也是个很好的时机，石老师也是很好的校领导和班主任。记忆当中，石老师几乎每次都要讲话，而校长几乎从不露面。石老师讲话形象生动、鞭辟入里、针对性强。我们高中的学生基本都是农村孩子，经济条件都不是很好，但是，有的学生很烧包，比如当时戴手表的很稀少，可他偏偏爱到处炫耀，唯恐别人看不见、不知道，此种现象影响不好，此风也不可长，长此下去会干扰学生专心学习、助长学生攀比之风。石老师在早操会上大声讲道：有的学生家庭条件可能好点，但是，手上戴块手表，立马就觉得自己高人一等了，你咋不把手表戴到你的大拇指头上呢！你咋不天天举着左手走路上课呢！入校半个学期后，因为原来的班主任不是很负责任，石老师又兼我们班的班主任，同时还是我们的政治课老师。石老师要求严格，课讲得又好，是我的恩师。我两年后能顺利考上大学，在很大程度上得益于他的教导。后来，他升任四高校长，风采依然。几年前，我曾专程登门看望他，还聊起这些心得。

石老师训话之后，是跑操，得排成两行，跑出校门，向南跑到陇海铁路下折向东边，跑过回郭寺车站，再掉头跑到学校，然后挤在宿舍前的两个水龙头下洗脸刷牙，之后便到教室上早自习，早自习后是排队购买早餐，在我们住的二层楼后，队伍排成长长的两排，能排到校门口。早餐一般是玉米面粥或小米汤，我打一碗汤，然后蹲在球场或钻进教室，从书包里拿出花卷馍或玉米面馍，就着家里带的咸菜狼吞虎咽；中午是稠小米饭，就着咸菜；晚上是红薯叶汤面条，因为家里条件有限，交的粮食有限，也只敢吃一碗。学校蒸的白面馍，又白又虚又香又甜，但我一星期只有到了周六才能享受得到，一次也只能吃一个，因为家里带的馍吃完了，又因为交的白面少——那时没有分田到户。

春节过后，不知为什么，让我们搬出学校，住到了化村一农户家的窑洞里。这家在半坡上，去时要路过村办砖瓦厂，下晚自习后能凑合着看会儿厂里露天放的黑白电视，特别是相声，能让我们驻足好长时间。遇到下雨，可就苦了我们，沿途都是泥泞，跋涉到窑洞你会看到卧席上可能会有几小堆鸡粪。

到二年级了，我又搬到山上的一间教室居住。教室有明亮的窗户，身子下也有了木床板。但是卫生条件不是很好，同学晚上起来尿尿，往往站在门口浇洒，时间长了，弄得门外骚味十足，还有到处显现的水流痕迹。因为白天几乎不上锁，还常有小偷光顾。那年冬天，甚至从天花板上掉下一条蛇，钻进一同学被窝共眠。条件这样简陋，两年中我只用一床被子，还是祖母过世后留给我的老粗布被子，铺一半盖一半，度过了我两年艰辛、充实、快乐的高中时光。

大学那些事儿

大学四年，我总共经历了三个宿舍。在离铁塔公园一墙之隔的二楼东头窗北的宿舍住了半年，然后，又在与铁塔公园一墙之隔的第三排平房（乙排）里住了两年半，到大四时又搬到入校时住的楼房南边的楼房三楼，中间两排平房（甲排）。乙排平房住的都是学生，甲排平房里住的都是老师。

大一时与班长栾生一个宿舍，其他还有谁，已经记不真切。因为班长是当兵之后考上大学的，所以看上去有点“沧桑”，以至于我第一次见到他时，连忙以“老师”相称，班长也连忙以“我也是新生”来解释。当时，我住的好像是靠门的上铺，因为只有那个上铺没有放行李。第一次一个人出远门，没经验，父亲也从未说过到大学时要抢占靠窗的下铺——估计那时父亲和我都没有这种“抢”的意识。因为离铁塔近，特别是有风的时候，晚上睡觉时能听到铁塔上的铜铃声，铃声伴随你入眠，现在想来，那是相当惬意的事情。早上，天蒙蒙亮，同学们就会被班长叫醒，统一到楼西头的大路上集合，六个班的同学站齐后，班长喊话，然后集体跑向学校南边的公共体育场跑早操。记忆中，跑早操好像也只坚持了一个学期。后来班长又被委任为年级长，负责全年级的事务。

后来，因为楼房要腾给英语系的女生使用，我们便搬到了乙排平房。没有什么事先安排，到了平房，我却住到了靠窗户的下铺。住在平房，出行方便，吃饭也方便。往东几十米便是学校的小卖部，小卖部有个叫小兰的营业员很漂亮，后经了解，还与偃师有关——其父为历史系教授，曾在偃师教过书。大三时，小兰曾让我住在她的家里几天，陪她的小弟看家。我好像是第一次住在教授家里。那时也没有什么非分之想，大概原因是小兰和我的同年级同学理很要好，理好像正在追小兰，但最后竟然没成一家。后来，听说小兰又调回偃师工作，几次我都有去看望的想法，也向理打听过她的近况，但最终还是没有去见她。三十年过去了，也不知小兰会是什么样子，会不会还是那么漂亮。

宿舍往西几步远就是篮球场，那里曾举办过一场篝火晚会，与新疆干训班的学员联欢，维吾尔族女生的曼妙舞姿特别是头会随脖子左右晃动给我留下了深刻的印象。往南隔一排平房，就是中文系食堂，中文系食堂的西边几十步远就是历史系食堂，这给我们吃饭提供了很大方便和更多的选择。同宿舍的小立也是复转军人，因为中文系食堂师傅态度不好，他曾把一碗菜泼到师傅身上，这位师傅拿着菜刀挨个宿舍找人寻仇，吓人得很。小立是城里人，高大，英俊，聪明，晚上熬夜看书，上午基本不去上课，但是一到考试，成绩还都不错。小立特别爱吸烟，毕业后去了省发改委，还参与援疆，遗憾的是，五年前因肺癌早逝。住平房虽出行方便，但上厕所得往北跑到铁塔院墙下的露天厕所，洗脸刷牙得站在平房前的水泥台上排着队接水龙头的水，冬天那真是冷得龇牙咧嘴。

大四时，我们又搬回楼房三楼住。同宿舍有七位同学，人员都是班长专门安排的，当然班长也在里头。七人当中，只有喜是县城人，也特有才，在大四时曾写有剧本，为毕业分配增分，还有胜、成、强，他们三人的字写得相当漂亮。喜追求小师妹的事是我最先发现的，因为喜写字特别用力，还爱用圆珠笔，我用铅笔在他用过的稿纸本上轻轻划拉几下，喜的爱情便暴露于天下。那情书简直是诗的语言，他在那个年代写的情书用现在的眼光来看，仍然肉麻。也许是因喜的才气和忠诚，喜与师妹现在依然幸福得很。喜至今也依然是我们班的活宝。最不可思议的也是让我们现在想起来最为羡慕的是贤，大学时就有了老婆，还有了孩子，我们竟然都不知道，那时我们可还都是处男啊。

教书生涯咏叹调

《庄子·养生主》:“吾生也有涯，而知也无涯。”回首走过的岁月，时光荏苒，总的感觉是岁月静好。

一路走来，波澜不惊，界限分明：求学用了十四年，教书用了八年，在市委机关十九年，到报社转眼已是三年有半。

在中学教书教了八年，现在想想，人生有多少个八年？满打满算，十个就算谢天谢地了。

在学校工作的八年对我来讲，有些光阴虚度，因为这八年几乎没有什么获得感，除了学生至今还在念叨我的好。

没有获得感的原因，可能与个人兴趣有关。

我不喜欢老师这个行当。为什么不喜欢？大学同学当中，当了中学老师的只有十分之一，大学生毕业分配安置，让你没有选择，空感叹命运的蹉跎和无奈。

不喜欢，就做不到全身心投入，身心缺乏投入感是空虚的、无聊的，表现在工作上就是应付，不说成绩，不出事就是最好，何谈创造。然而，翌年分来的老师蔺就不是这样，他教课，就不厌其烦地刻题印卷、诲人不倦地批改作业，他当班主任，天天早去晚归。他这样投入，就过得充实，过得有意义，赢得了家长们的好口碑。工作上事业上，不管喜欢与否，你如果全身心地投入了，那不仅活得充实，还会觉着是在享受人生，在享受人生时赢得获得感。若因为不喜欢而抱着应付的态度，时间长了，你就会感到无聊，进而慵懒，进而必定事业无成。实事求是地讲，蔺就是事业有成，而我则醒悟很晚。

不喜欢也不要紧，应付工作也无可无不可，但是如果你有奋斗目标并时刻准备着，那你无聊的时光就会变得充满动力，也有可能会改变你的现状，最后从事你喜欢的营生。

同学征分到另一所中学当老师，他把业余时间都用在复习考研上，连考了三次，在结婚那年终于读了研究生，由于刻苦，三年后毕业拿了两个硕士学位，几年奋斗也有了结果，先是进了政府部门工作，没多久几年一个台阶，当了科长，当了主任，当了秘书长。想想也是，有时困境会激发你的突围精神，会转变为你改变现实的自觉行动。面对困境，如果无动于衷，那将永远是困境；如果得过且过，那也将是困中加困，你会在重重困境中不断沉沦。

在学校八年，我当了七年班主任，真正让我有点喜欢老师这个职业是从第四年起的班主任工作。可能是熟能生巧，也可能是久病成医，我突然发现对班主任工作驾轻就熟了，我想是我身上具备了蔺的敬业精神：我住进了学校，管理班级有了充裕时间，我会比学生早到教室，也会比学生走得晚；我会识人用人，充分调动和管理班干部的积极性，保障了班级秩序，学校对此评价良好；积极参与学校和市里组织的各种活动，并取得名次；元旦新年，学生会自发买肉盘馅包饺子，班集体和谐上进的气息浓郁。同时，我的讲课技艺渐入佳境，讲课能够深入浅出，并在学校组织的优质课比赛中次次获奖。这五年的班主任感觉相当美好。我教过的学生每年春节都来看我，二十多年了从未间断，我想这就是全身心投入的结果吧。

但是，对现状满意并不意味着满足于现状。离开老师岗位一直是我的梦想，确实是做梦就想的事情。立志当名律师，花四年工夫自学了法律本科所有科目，参加司考拿到司证是指日可待手到擒来的事情。但当老师八年后的暑假，恰逢洛阳日报社招录记者，我立即报名参考，经过两次笔试、一次面试、体检、政审，在当年九月正式调入报社成了一名记者。

清明一日流水情

清明节当天，深夜两点半才到家，醒来已是八点。打开微信得知四婶住院了，觉着应该回去看看，媳妇听了，说六婶也住院了，妹子兴红也住院了，都应该回去看看。

到偃师中医院时十一点。打了堂弟鑫的电话，说是在住院部七楼。进了房间，四婶在床上躺着，堂弟兴伟也在。媳妇过去拉着四婶的手，问这问那，四婶则叙说发病的过程：夜里疼，坚持到天亮，村医看了，说得送县医院，县医生一诊断，立马上手术台，阑尾溃脓溃得只剩一点好的了，不抓紧治你四婶都不中了。好在四婶身体好，好在治疗及时，虽得了急性阑尾炎，四婶依然谈笑风生。

到县医院住院部八楼看六婶时将近十二点。堂弟现伟在。六婶吸着氧，左眼睁着，右眼闭着。媳妇喊：六婶！六婶哼着。我说：六婶，我是谁？六婶还是哼着，估计没有认出来。现伟说，脑梗又犯了，左半身不能动，心脏也有毛病，一分钟才跳三十多下。我听了，心情沉重。好在六婶才六十八岁，恢复得应该很快。正说着，六叔进来了，精神和身体都很好，我心情轻松许多。

到十一楼兴红病房，兴红气色不错。我笑着说，有福人才住院，不用干活，还有人送饭。媳妇和兴红都笑了起来。我问：鼻炎，还必须手术？媳妇说：有好几种情况，不做不行，你不懂！随同看望的霞说：鼻炎严重时通难受着哩，得用嘴呼吸，动手术当天可疼，第二天早上就感觉神清气爽！确实，谁病谁知道。我从包里拿出两本书递给兴红，安慰说：这是我昨天从妈祖故乡湄洲岛带回来的，讲的是妈祖故事，妈祖很灵光，会保佑你的。兴红高兴地接过。我们下电梯出来，正好碰上妹夫占普掂一兜饭进来。

我们也该吃饭了。到游记烩面吃了饭，上了邙岭，媳妇见沟边长满了构树，构树枝上出了几片嫩芽，结了好多构蒲穗，很是兴奋。媳妇与霞情不自禁，合伙摘了满满两兜构蒲穗，时间已到下午三点，赶紧赶回老家牙庄。

牙庄村口，母亲、大娘还有四叔都在门口墙下坐着。媳妇拉住母亲说着话。大娘喊着我说：我刚择净构蒲穗，你拿走吃。四叔知我去看了四婶，问：你四婶咋样？我说怪好，你不用老萦记。四叔又问：你六婶咋样？我说情况不是太好。四叔听了叹口气，说：这种年纪的人你们看不了几回了，人说不中就不中了。我说：没事，四叔，我们到这种年纪可能还不如你们呢。

三点半了，得接上外甥女阳阳送到伊滨上学。事毕到家已是六点半。媳妇说：喝绿豆小米汤，蒸构蒲穗吧？我答：中！我说：约理工学院的老师晚上踢球吧？媳妇答：中！给他们带点构蒲穗，让他们尝尝鲜！

踢球回来将近十点，开始下起雨来。我说：太旱了，应该下场透雨！媳妇说：就是！

岳父祭

岳父周日早上走了，很突然。

周六中午，我们回岳父家一块儿吃饭，岳父焖了米饭，我们炒了菜，一起谈笑风生，欢快就餐。周日早上，我们还说中午回去一块儿包饺子吃，却突然接到内弟电话说岳父晕倒在一楼楼梯口了，半小时后又来电话说，医生看了，岳父已无生命体征了。

我们赶到家里，岳父已躺在床上，蒙着床单。岳母在沙发上坐着，指着大茶杯说：这是你爸倒的开水。就说出去买菜了，人说没就没了。岳母说着说着眼泪就流了出来。

岳父是岳母的依靠。买菜，做饭，吃药，理疗，全部依赖岳父，几乎一步也离不开他。我听了，说：爸的事办完了，您就住我们家，我也把俺妈接来陪你。岳母听了，擦了擦眼睛，不再啜泣。

如果子女在旁，岳父可能不会这么快就撒手而去。但是，岳父一生刚强，从来不愿给子女添麻烦，即使住院，也会把子女赶走，以免影响他们工作。

回想过去，我进了岳父家后，才知他是单位一把手。而这一把手的位置，是岳父从基层员工一步步拼命干出来的。无论多脏多重多累的活，他总是第一个上，带头工作，是真真正正的身先士卒。

岳父非常勤俭。记得退休后，岳父放下身架，顺应时代大潮，在小区门口摆摊售卖，扯线架电，早出晚归，乐此不疲，既为充实退休后闲暇时光，更为子女生活得更好而俯首为牛，而且一干就是七八年。

人的心地善良是通过待人接物体现出来的。岳父上年纪后有哮喘的毛病，身体瘦弱，但是每年春秋两季到邙山上坟，烧香叩头，一次也不落下。早几年他骑自行车上坟，后来搭乘内弟的摩托上山扫墓，近几年我们开车带他上山祭奠。岳父有兄弟四个，他排行老三，五六十年前，分家时老二一时唐突造成与众兄弟不和，但岳父不计前嫌多次上门探望老二家人，在老二弥留之际还说服老大、老四前去看望，也使得兄弟四人心中数十年的积怨得以缓解。老大家长子今年五一前车祸遇难，岳父不顾自己身体瘦弱，多次奔波十几里到老家为侄子张罗丧事，后又为其子也就是岳父的堂孙的婚事捧场操心。

岳父对子女的关爱也是悄无声息。家庭是社会的缩影，既有儿孙绕膝的天伦之乐，也有误会难消的无奈之忧。我想，这一忧一乐，岳父也许都会遇到，但他以极大的耐心、宽广的胸怀去包容它，融化它，乐了就开心，忧了则无语，高兴的事会立即告诉子女们，以期众欢乐，忧郁的事则深深隐藏于心，从不怨天尤人。当子女有所察觉时，岳父可能会老泪盈眶，但常以“没事儿”回避，不让子女多问。岳父清楚，父母对子女媳婿付出的都是无私大爱，子女媳婿也会理解和接受父母的各种安排。他最大的愿望是子女开心幸福，只要子女开心幸福了，他觉着自己受些委屈不算什么。也确实，岳父的关爱和忍耐赢得了子女的无限爱戴，也换来了亲朋好友的衷心尊敬。

有好多年，每逢采暖季，我们都会把岳父岳母还有我母亲接到家里住。我们与三位老人朝夕相处，其乐融融，同时也给我们的生活提供了许多方便，如一日三餐我们几乎不用动手，都是岳父下厨操办。而且，我母亲也跟着享福，到了吃饭的当儿，岳父会把饭盛好端上，每天上午、下午岳父还会领着两位老太太，一人掂个小板凳到楼下花园散步、晒太阳。没有岳父领着，两位老太太就可能不会用电梯，或出去散步后回来摸不着家门。每次想到这些，我内心总有暖流流淌，对岳父充满了感激之情。亲家多年同住一个屋檐下，相处又如此融洽，实属罕见。没有岳父的宽厚仁慈，没有岳父的勤勉有加，三位老人怎能长期和谐相处？

岳父操劳了一生，现在躺在了床上，悄无声息。我们再也听不到他爽朗的笑声，再也听不到他面对困苦疼痛时的习惯用语“没事儿”，再也吃不到他做的可口饭菜了。

中午，岳母说：你们做的饭都没有你爸做的好吃。你爸每天都把饭给我做好，药给我分好，水给我倒好。早上，你爸喝了一碗汤，吃了一个馍，又给我叠了一厚摞卫生纸，说够你用好多天，又说出去买菜，这咋就走了？岳母一边絮叨着，一边眼泪涌流。

我默默无语，不知道如何安慰面前年近八旬的老人。

是啊，头天还和我们谈笑风生的岳父，怎么说走就走了呢？

四叔的品格

二月二十日，天气阴冷。上午十点零五分，堂姐打来电话：“我现在过去看二娘（我母亲），给她捎袋面。”

“海修，四叔不中了！”十点四十分，已到楼下的堂姐又打来电话，说着，她痛哭起来，“四婶给我打电话，让我去抢救，可我来洛阳了，没抢救成……”

堂姐爱然是老家牙庄村的村医，刚刚当选新一届偃师市人大代表。

四叔武学是父亲兄弟六个中最有正义感的，这是贾家上下的一致评价。四叔退休后，领着几个孩子在三门峡国道旁开了家饭店，曾有地痞去惹事，年逾六旬的他把孩子们挡在身后，只摆了几个招式就把地痞吓得抱头鼠窜。

父亲最喜欢、最信赖四叔。遇到难事，父亲往往求助于四叔，因为四叔会替父亲鸣不平；碰到喜事，父亲第一个告诉四叔，因为他们两个人会共享生活的喜悦。

记得刚分家的时候，四叔分到了收音机，因父亲喜欢，四叔就送给了父亲。四叔会做木工活，我家窑洞没门，四叔就给做好安上，窑洞的一扇风门被砸坏了，四叔也给修得完好如初。

我初中复读需要自带方凳，四叔挑选木料，又锯又刨又凿，花费数日给我做了一个。这个凳子是我们班上最好的，它伴随我度过初中最后一年时光，助我顺利考上高中，我也成为贾家第一个高中生。

我结婚时，扮演大厨角色的是四叔，他曾是三门峡铝厂的厨师。记得当时，在我家院子里，四叔架起几个炉子，系着蓝色围裙，手持炒勺，煎炸烹炒应付自如，供百余口人吃喝，帮厨的是黑旦舅和堂弟兴旗。兴旗是四叔的二儿子。

四叔有五个儿子。四叔很累，因为他和四婶要把五个儿子养大。四叔也很欣慰，因为这五个儿子不仅长大成人，娶了媳妇，还继承了良好的家风——孝老爱小，与人为善。

几十年来，我没见过也没听到过我这五个堂弟之间吵架或是打架，听到、见到的，都是他们谦让、互助的事情。我知道，这是四叔身上优秀的品质在儿子们身上潜移默化的结果，是四叔孝顺，带动儿子们孝顺，是四叔关爱别人，带动儿子们关爱别人。

可以说，四叔的五个儿子没有让他失望。爱然姐说，兴旗他们兄弟五个都可怕四叔了。这是真的。我想，这种怕，是儿子对父亲发自内心的敬仰，也是儿子对父亲发自肺腑的爱戴！

待我和妻子陪爱然姐赶回牙庄，已是两个小时后，此时天色越发阴沉，似乎在与人同悲。八十岁的四叔安静地躺在灵床上，无声地接受着亲人们的祭奠。

母亲康复记

下班刚推开家门，夫人就报喜讯："咱妈越来越清醒了！"我连忙拐进书房，看见母亲端坐在床上，下身围盖着被子。见我进来，母亲和蔼地端详着我。我在床沿儿坐下，问："妈！我是谁？"母亲说："海修啦！"我又问："晚上吃的啥？"母亲说："喝的大米汤！"一点儿也不糊涂。

见母亲能微笑着与我清楚地对话，我不禁想起五十多天前的情景。

去年十二月中旬，我从厦门出差回来的第二天，夫人做好早饭，喊母亲吃饭。母亲出房间时，夫人觉得反常："妈一直起得很早啊，怎么今天看着木呆呆的，袜子没穿鞋也没穿？"我看了看母亲，给她穿好袜子和鞋，吃饭时逗她："想建国（小弟）、爱红（大妹）啦？"母亲头也不抬："不想！想他们干啥？"

没想到，近中午时母亲在院内散步摔倒，被邻居搀扶回了家。次日早上，还在床上的母亲双手向上胡乱挥舞，起床后走路不稳，吃饭还呕吐。送到社区门诊，医生检查后进行了治疗。

那几天，母亲能吃饭但是神志渐渐不清，有时候吃着饭都能睡着。我急忙打电话给医院的朋友，朋友说："赶快送医院检查再说！"到医院后先拍片，神经内科主任看了片子，问了情况，说：“脖子僵硬，住院吧！”

住院后的检查治疗是系统的，但是三天后母亲仍然昏睡，茶饭不思。圣诞节那天早上，神经内科、外科主任会诊后，决定立即做脑积水分流手术。医生说：“脑积水有五六年的症状，不做不行了。”

手术做了近两个钟头，非常成功。母亲又在病床上躺了将近十天。这些天，几乎全部是妹夫占甫照顾，端水喂饭，看护输液，清洗屎尿，翻身按摩。夫人负责每天做好午饭、晚饭，按时送到病房。

出院后，我们把母亲安置在阳光充足的书房里，小妹兴红同室陪护，占甫在客厅沙发上休息，随时到书房查看、帮忙。在占甫、兴红和夫人悉心照顾下，母亲的身体渐渐好转，意识渐渐清醒。促使母亲迅速恢复的还有亲情的关爱和召唤。亲人们“二嫂”“大姑”“二娘”“二妗子”的声声呼唤及与母亲的热烈交谈，唤醒着母亲沉睡的记忆，温暖着母亲沉睡的心，也让母亲沉浸在幸福热闹的家庭氛围中，感受着亲人们炽热的情怀。

上周六，天空晴朗。我陪兴红、占甫去游览龙门石窟，也算是对他们的谢忱。中午回来已是两点。夫人见了我们，高兴地说：“我让咱妈自己吃饭，妈说不会。我说你不会，可没人顾着喂你。你们猜，一哄她，她端着碗吃得香着呢！”这给了我们一个大大的惊喜！接下来的每顿饭，都是我们用轮椅把她推到餐桌前她自己料理。

从母亲住院到今天，几十天了。回想这些日日夜夜，妹夫还有夫人有着太多太多的付出。我坐在床沿儿看着母亲，认真地对母亲说：“妈！你好得快，多亏占甫啊！”母亲点头称是。

这时，建国、爱红打来视频电话，母亲接了，不仅认出了他们，还说想他们了。等了会儿，姑姑秋芳也打来视频电话，说：“看，有妈多好！多亏有好媳妇、好闺女、好女婿、好儿子。”然后对着母亲喊：“二嫂，我是谁啦？”母亲答：“你，秋芳啦！”姑姑听了，“哈哈哈”开心地笑了起来……

牡丹花缘

孤陋寡闻，应该不算是贬义词，在我看来，它只是对人知识状况的客观形容，或用于自谦。

我就是孤陋寡闻的人，这不是自谦，而是确实如此。

记得在开封上大四时，洛阳要举办首届牡丹花会，同学中有人吵嚷着去看，我不但无动于衷，还笑话他们：花有什么可看的！不过就是花骨朵，有什么看头？其时，我真不知道牡丹长什么样，仍然以为那不过是普通的花而已。不知道，并不代表没有接触过，后来亲眼看到牡丹花时，才知道我从小到大盖在身上的被面，上面就铺满了牡丹花。你说，我是不是很浅薄无知？这年的花会过后，我到郑州公园看到了牡丹，除了翠绿的叶子，已见不到牡丹花的模样。

牡丹花到底长什么样，那是我大学毕业后回到洛阳才知道的。第二年的四月，单位组织团员到王城公园春游，正值牡丹花会时，公园外车水马龙，公园内游人摩肩接踵，熙熙攘攘，在牡丹仙子塑像下，在牡丹花坛小径上，人们在挪动着，欣赏着，感叹着：花这么多！花这么红！真香啊！人们的话语普通而又实在，也代表了我的心声：多，红，香！因为，那时的牡丹品种以洛阳红最为普遍。

真正欣赏牡丹是若干年后陪父亲和姑去参观洛阳牡丹公园。那次去的还有堂弟兴旗，更重要的是还有漂亮女友孟陪同。兴旗当年随我在高中复读。那天晴朗，游人奇少，我们在比人高的牡丹花丛中徜徉，我们在花香中流连忘返，我们用胶卷相机拍照。时隔二十多年，再端详这张彩色照片，感觉依然新鲜、依然幸福：我、孟、兴旗簇拥着父亲和姑，父亲五十多岁，满头银发，姑三十多岁，秀丽丰满，都幸福地笑着，我们的背后，是那高高的生机蓬勃的牡丹和盛开的姹紫嫣红的花朵。正是父亲和姑的亲切笑容和那诱人的国色天香，促成了父亲与亲家见面为儿女订婚的圆满结果。

最终惊叹牡丹花大而艳却是在八九年前。二姨与表姐红从咸阳回来，我专门借来学生权的新车，接上二姨她们逛中国国花园。时值盛花期，在国花园里，二姨和红姐还有我，好像是第一次看到大如脸盘的花朵，连片盛开的花朵！当时我突然想到两个词来形容：铺天盖地，花团锦簇！从此，我彻底景仰起牡丹来，由衷地艳羡它的娇容，打心底钦佩它的豪情！

童年不寂寞

快乐的童年。我们是个大家族，在祖父祖母百般呵护和父叔辈及娘婶们自觉少干涉下，我、弟、妹和堂兄、堂姐、堂弟、堂妹近三十人快乐地生活在一个大院里。这个大院一面临沟，三面环山，面南朝阳，沟对面是一道巨大的高不可攀的山脊。这个院子里，南北横着一排三间大瓦房，三面崖下有十几孔大窑洞，这些瓦房和窑洞就是我们的乐园。无论白天还是黑夜，这些窑房从不落锁，我们成天在这里开心游玩。有时我们会分成两组，玩藏猫猫的游戏，有时藏在窑洞的门后或八仙桌下，但这只是小儿科，我们经常会躲到黑乎乎的床下最里头，能让他们找半天也找不着，这是我们的“成功之道”。有一次，二哥为了不让人找着，躲到山上一处废弃庙宇的神案下，因为这超过了我们设定和寻找的区域，我们为没有找到二哥而失望，二哥为成功躲过找捕而窃喜。我们在失望中回家睡觉，二哥在窃喜中睡在神案下。二哥的安歇却让家长们疯了般找了一个通宵，最后也没有找着。第二天他睡醒自己回家了。

勇敢的童年。临沟有几块庄稼地，因为鸡和猪的侵扰，庄稼地往往成了秃子地，几乎没有收成。于是，生产队栽上几排有上百棵桐树和洋槐树，这些桐树、洋槐树得了地势长得很快，也只一两年工夫就有手腕粗细、三四个大人那么高，这些树成了我们玩耍的道具。每到饭后，我们弟兄几个就比赛爬树，看谁爬得快爬得高。每回十三弟兴伟只几下就噌噌地蹿到了树梢，到了树梢还不忘摆几个潇洒的造型，双腿盘树，双手离树，或敬礼或下腰，让树下的大人小孩惊呼连连。

创造的童年。那时的玩具没有什么高档和值钱的东西。滚铁环就是用钢筋弯成圆圈，然后把粗铁丝的一头弯成U形推动铁环滚动前行，这让我们上下学的路上充满了响声、乐趣和灵动。还有打铁饼，就是把手掌大小的铁饼扔向远处的一个圆洞，谁的离洞近，谁就是赢家。“杠钢丝”，就是把大的螺栓向墙上的石头狠劲击去，靠金属与石头之间的反作用力，谁的螺栓反弹得最远谁就赢了。奖品一般会是皂角籽，春节时可能是几分硬币。摔“面包”——用书报纸对折叠成面包形状，朝地下同样的“面包”摔去，如果地下的“面包”被打得翻身，那个“面包”就是你的战利品。这些游戏我们常常玩得乐此不疲。我小时候模仿力很强，看到有人用架子车辐条弯成手枪形状，我就回家照做：把辐条上有螺栓的那头弯向手的方向，只要往里面塞进鞭炮中的火药，拴上皮筋，安上扳机，用皮筋的弹力使铁丝撞击螺栓洞中的火药，就可以听到枪响声。还有一种做法，就是把自行车上的链条拆下七八个，把这些链条竖着排好，其中一端的洞用粗铁丝穿过，然后长长的铁丝也窝成枪的形状，再配上皮筋和扳机，链条另一端的洞中装根火柴，火柴无火药的一头穿过洞朝外，有火药的一头留在洞中，这时你扣动扳机，那铁丝就会撞击洞中的火柴，火柴霎时会发出响声，并冒出火花和烟雾，这是我的最爱。只是有次玩耍时被五叔发现，因为有可能会破坏自行车零件，还会花去两分钱购买火柴，结果是挨了五叔的日刮（训斥）后，手枪被没收。

英雄的童年。那时的电影人物都很高大上。你看完电影后会有好长时间浑身充满正能量，整天都会充沛着英雄气概。那时，邙岭上一下雨就会山洪暴发，沟沟坎坎会有大大小小深深浅浅的水坑，那是我们的戏水天堂。我们会赤肚子下到水里，或扎猛子，一头下去半天不上来，在水下打转，有时一不小心头上会碰个包，有时脚指头会被尖石划破。有时学蛙泳，实际上是狗刨式，双脚击打水面，水花四溅，但从来没有胆怯过。到最后，坑里的水已浑浊不堪。我们回到家里，家长会板着脸询问：是不是洗澡了？（意思是问是不是又去游泳了。）我们当然不会承认，但是家长会让你伸出胳膊，他用手指轻轻一挠，皮肤上就会显现印痕。自然，我们挨训是少不了的，挨打也是几乎每次都有的。现在，我们二十多个弟兄都会游泳，但是从来没有谁教我们，都是那会儿无师自通的。我的英雄气概还体现在保护集体财产上。每当放学，我就会自觉巡视庄稼地，如果看到有谁损坏庄稼，我会毫不客气地批评。我还用车子辐条制成锥子，对损坏庄稼的牲畜强制驱赶。我记得曾把邻家老母猪的后臀戳了一下，让这头猪有好长时间不敢再出来糟蹋庄稼。

会仙桥

诗一

寻幽探胜入罗浮，

乘醉策杖觅归途。

雨后山花香更美，

村姑回眸似仙姑。

诗二

东坡游罢过西湖，

举杯邀月作狂徒。

是非只因多开口，

记得朝廷贬你无。

这是与罗浮山冲虚道观前会仙桥有关的两首诗。前首，是苏东坡所吟，后首是某村姑所对。妙极！

北宋时，东坡因文先被贬黄州，后又被贬惠州，到了惠州，五十九岁的他心情本来极度郁闷，但因为随行带了知己小妾、三十一岁的朝云，更因为到了惠州后，“日啖荔枝三百颗，不辞长作岭南人”，便一发不可收地爱上了惠州，写下了160多首诗词、30多篇散文，同时也留下了许多有趣的传说，“会仙桥”即其中一个。

男人大都喜欢喝酒，不喝酒的男人算不得真男人，更何况多才多艺、洒脱热情的东坡乎？毫无疑问，东坡先生肯定爱喝酒。爱喝酒的男人有很多可爱的地方，如愈加厚道，说话真，也忒诚恳；如愈加爱美，指点江山，激扬文字，欣赏美女，出口成章。这两种“优点”想必东坡先生都具备。

这不，东坡喝了酒，乘兴游山，偶遇一标致美女，见其美貌过人，一首诗便朗朗出口：“寻幽探胜入罗浮，乘醉策杖觅归途。雨后山花香更美，村姑回眸似仙姑。”罗浮即罗浮山，是南国名山，也是全国第三大道观——冲虚道观所在。东坡被美景所诱，寻幽探胜，又借景生情，就喝多了，喝多了便找不着回家的路了，正拄着拐杖四处转悠惆怅无趣的时候，天又下起了一阵小雨，雨停了，清凉山风送来缥缈花香。这花香对喝了酒的男人，那好比是热情四溢的催化剂，对喝了酒的诗人，那更是诗意大发的导火索，就差谁来点燃了。会是谁来呢？最好是美女。你看，这时，标致的村姑恰好婀娜地出现了，而且这位村姑还不经意间回头看了东坡一眼，这一眼如电闪雷鸣，惊鸿一瞥，霎时惊呆了东坡老兄。东坡老兄面对近在咫尺的仙女，文人骚客身体内特有的荷尔蒙瞬间爆发，出口成诗，那风骚劲儿着实吓着了雨后观景、漫不经心的标致村姑。

村姑虽受到惊吓，却也不忘细品其诗，感觉妙，感觉绝，抬头细看吟者，虽说年岁已届六旬，却难掩其风流倜傥，顿时眼前一亮，这不就是传说中的东坡先生吗？心中涌起阵阵暖流，感到三生有缘，此时有福：“您可是俺崇拜的偶像哎！”但是，这位村姑虽心如此想，嘴却不如是说。“我是岭南客家人，是河洛郎的后代，对这清高孤傲的眉山人，俺得给他浇一瓢冷水才行，要不，他还会遭贬！”想到这儿，村姑便应答了诗二。意思是，你游过了惠州西湖也就罢了，何必还要饮酒作乐呢？吟酒作乐也就罢了，何必举杯邀月呢？举杯邀月也就罢了，何必要问“今夕是何年”、何必要叹“高处不胜寒”呢？给朝廷上下一个“狂徒”印象，这多不好啊！东坡哥哥，你可千万不能忘，“是非只因多开口”，时刻不要忘了朝廷贬你的缘由啊！

村姑真是一片好心，一片苦心。这也是仙姑应有的含义。东坡听了，感动万分，低头痛悟，待抬头追寻，不见了仙姑，却见大雨倾盆落下，把来路也淹没了，这可怎么回去呢？正在为难之际，一老者化杖为桥，架在溪涧上，使东坡得以通过，回到惠州府中。这位老者，便是铁拐李。这座桥从此便叫会仙桥了。

此后，东坡听了村姑的话，多做修堤惠民实事，多吟风花雪月文章，以求安稳。然而，朝廷不认他的现实表现，在惠州两年八个月后，东坡再被贬至海南儋州，最后客死他乡。

真是白白辜负了仙姑的一腔衷肠。

五味杂陈的官样感觉

朋友，包括同事、兄弟，为了夸我，也可能是让我高兴，偶尔会说我“没有领导架子，待人非常随和”。但我听了，却高兴不起来。为什么不高兴？也说不出所以然来，总觉得心中不是味儿，五味杂陈。

我在市委办公室当科长时，因为一些琐事惹得别人很不高兴，就被批评“清高孤傲”。这句话对我刺激很大，我知道也许是自己当科长后架子太大了，好板脸了。从此，我见谁都点头称好，对领导也毕恭毕敬。时间久了，人缘好了许多。但是，我又担心，我会不会给领导和同事留下点头哈腰的印象呢？如果这样，我的自尊心又该在哪里安放呢？虽然如此，不端架子，我做到了。这得感谢我曾经的领导。

后来又到了组织部，和气和善，是我不变的形象，真诚实诚，是我永恒的准则。

再后来我又调到了报社，我说过，也始终做到：对下属，不管就是管，服务就是管，与其高喊怎么管，不如帮助其解决一些实际问题。

在组织部四年，在报社又四年，我基本是这样做了，收获颇多，但我仍然有些失落感。特别是听了朋友的夸奖，我仍然感到不自在。这是为什么呢？

昨天，翻看《人民日报》，看到有文章说《聊斋志异》里的《夜叉国》，曾刻画过这样一类“官”：“出则舆马，入则高堂；上一呼则下百诺；见者侧目视，侧足立。”寥寥数笔，一个铺排造作、高高在上的官僚形象跃然纸上。

我在心里想：我是不是根子里也有过这种愿望？虽然我憎恨这种官样。

但仔细回想，也确有过羡慕的表现。

我生长在农村，是农民的后代、工人的子女，看到谁坐着汽车回来，不管是卡车还是小车，确实有艳羡的感觉。看到乡村干部甚至生产队干部颐指气使的样子，也确实敬而远之。

后来，进了市委机关，回趟老家，总想让车队的小车送接一下，哪怕是旧的面包车，也觉得很有面子。这其实是受了“官样”的影响。

其实，这都是虚荣心在作怪。往深处说，是当了官，与百姓渐行渐远了。

序学弟新书

“剑舞若游电，随风萦且回。登高望天山，白云正崔嵬。”这是从崔运山作品中读到的颜真卿的诗句，气势若虹，义薄云天。

运山与我相识已久，是同门师兄弟，且又同事三载，原以为和我一样，不过官僚尔尔，尽职履责罢了。然而，当看到厚厚一本作品集放在案头时，当我利用出差湄洲间隙通读了集子中7篇散文、130首诗、1部电影剧本时，我对运山的钦佩之情油然而生。

散文贵情。形散神聚，散在情缘，聚在情怀。洋洋洒洒《话说福王朱常洵》今天读来仍耐人寻味。他讲述了万历、福王、弘光三代人的故事，讲述了朱明王朝由盛转衰、由盛而亡的全过程，由此联想到李煜并与之比照，引用了余秋雨因时论道，最后归结其衰亡根源在于他们自己的所作所为。400多年过去了，“只有福王府门前的一对石狮默默俯视着东来西往、行色匆匆的人们”，让人喟叹不已。

散文贵纯。纯净的文字能给人以美的享受。我最欣赏运山的《此生食墨刘中州》，当时我在报纸上看到，夸他文字纯净，内容简约，多一字嫌肥，少一字嫌瘦，从中可见其神韵。如他评价刘中州，用了“为人坦荡，广结善缘，不薄时人，更爱古风，自爱而不自贵”，评价其作品，用了“设色虚实有致，干湿有度”等，用语分寸拿捏得十分到位。

“能将文字的韵律之美发挥到极致，且能用充沛的感情、深邃的思想，将诗歌的内容无限丰富”，便是好的诗歌。这里所引，是运山剧本《洛阳宫》中武则天的一句台词，也可视为运山的诗词观和审美观。他集子中的诗歌几乎全部为古体诗和格律诗。我认为，中国诗歌史上的巅峰唐诗，它的伟大，不在于其遵循严格的平仄，而在于入耳的韵律、动心的感情、通悟的思想。这应是运山创作诗歌的追求。除了这些，着力营造意境，将流露的情感与描摹的景致天然融合，达到情中有景、景中含情，也是运山上乘诗作的表现。“秋高云淡千蝉鸣，天理流芳念二程”的比兴手法，“最是一年好风光，花香野味伴蝉声”的声色并茂，“多情还需真豪杰，华发长啸映笑颜”的豪迈真情，让人品后难忘。

如果将其诗歌意境具象化，诗中有画，画中有诗，更是美好的享受。“秋日凝碧岭，林密掩幽径”，“白墙拥黛瓦，倒影韵味浓”，这些诗句让我想起了王维的“明月松间照，清泉石上流”（《山居秋暝》）。秋日，碧岭，密林，幽径，白墙，黛瓦，倒影，画面感强烈，给人一种丰富新鲜的感受。它像一幅清新秀丽的山水画，又像一支恬静优美的抒情乐曲，体现了运山诗中有画的创作特点。

说实话，我是第一次看到运山写的剧本《洛阳宫》。首先是诧异，其次是惊喜，然后是感佩。这也是“三个没想到”：没想到他会写剧本，而且是历史剧，这得要相当高的影视文学素养、历史素养；没有想到看了剧本就被其故事所吸引，手不释卷地一口气看完；没有想到运山写《洛阳宫》是感于中日钓鱼岛之争及国内一些人的怯战言论和消极情绪，由此可见运山强烈的爱国情怀。前不久，有人曾做问卷调查，问一部好电影剧本最重要的因素是什么。排前几位的，我基本苟同，也认为《洛阳宫》基本吻合：故事情节吸引人，跌宕起伏；主题思想健康积极，传播对世界有意义的价值观；结构紧凑合理，张弛有道；故事概念新颖；主角发展曲线合理，背后动机明确而强烈；对白精练，符合人物性格。

师弟崔运山名字的由来，我不清楚，但是，写这篇序时，我时尚了一回，用电脑软件检测了一下他名字的寓意：风流倜傥，为人潇洒，不拘束，有着行云流水般的心境，不骄躁，不谄媚。

这是真的吗？这是真的运山吗？

2016 年 3 月 31 日于湄洲

序《无悔年华》

不知为何，打开杨水河的书稿《无悔年华》，感觉沉甸甸的，满是仰望的心情。

这是有着500多个页码、180多篇文章、33万余字的文集，可谓鸿篇巨制；这是有着72篇回忆录、15篇报告文学、13篇新闻、26篇影剧评、38篇杂文、4篇理论文章的汇编，可谓包罗万象；这书中再现历史，人物众多，记述亲情、实录改革、纪事教坛，可谓琳琅满目，精彩纷呈。

我有幸与杨水河同事多年，原以为很了解，知道他身材魁梧、为人和善、工作认真，还偶尔有些文章见诸报端。看了《无悔年华》，我觉得自己对他了解太少，他的勤奋上进，他的多才多产，让我刮目相看。

《人民日报》3月30日有毛泽东在中华人民共和国成立后对自己著述的评价。1964年，毛泽东回应别人说："《毛选》，什么是我的？这是血的著作。《毛选》里的这些东西，是群众教给我们的，是付出了流血牺牲的代价的。"他还说："我们有了经验，才能写出一些文章。"

有了经验，才能写出文章。但是，这些经验却要靠付出很大心血来换取。正如毛泽东另外一句话：“栽了跟头，遭到失败，受过压迫，这才懂得并能够写出些东西来。”我也偶尔为文，深知写文章的确不易，长篇大论者，难；短小精悍者，更难。杨水河长短皆能，长文锦绣，短文珠玑。过去，我们也许只看到了他光彩的一面，而没有看到他背后所付出的艰辛。用杨水河的话说，就是“在奋斗的年龄没有选择安逸，在孤独的跋涉中没有放弃坚持，在诱惑的世界里没有迷失自我，在人生的前行中没有虚度年华”，才有了他今天的硕果累累。这是我敬重杨水河的地方。

我和杨水河经历颇为相似，比如都是大学毕业后当了老师，后来又跳槽从事了行政工作。不同的是，他在繁忙的教学之余凭借磅礴才气和耕耘收成赢得厂长赏识得以转岗重用，我则凭运气考取报社记者而被市委领导相中进入了公务员行列，侥幸成分太多。由此相比，我与杨水河实力悬殊。更重要的是，到了新的岗位后，杨水河没有选择安逸，没有放弃坚持，没有迷失自我，没有虚度年华，而是一步一个脚印地走着，一篇又一篇佳作写着，他也因此先后当了宣传部部长、组织部部长、办公室主任，退休以后仍然笔耕不辍。

文章合为时而著。《无悔年华》有上篇“岁月情思”，下篇“耕耘履痕”，共十八个章节，虽然大多是历史事实的记录和反映，但是，相信包括我和杨水河在内的广大朋友在读这些篇章时都会兴趣盎然，平添志趣，快意迭现，因为他描述的场景和事情我们都相当熟悉，如临其境，如景再现。而且，其中的一些重要观点对现实具有指导意义亦毋庸置疑。

古人云：“文章千古事，得失寸心知。”古人又云：“文章千古，寸心自知，无人品则寸心安在？”人一生会有几个你很赏识又很敬重的朋友？杨水河，就是我这种朋友中的一个。

“古往今来，在求知饱学与报效社会的征途上，企图寻觅捷径、奢望赐予、急功近利、浮躁浅尝均不可取，只有认准目标、咬定青山、心无旁骛、耕耘不止，才可能步履稳健、一阶一阶攀上事业与人生的高峰。”

这是杨水河说的。谨以此摘录与诸位读友共勉。

2017 年 3 月 31 日于洛阳

细节成就大气

30 年前，洛阳日报社首创自办发行模式，风靡全国报界。自办发行成为全国报业发展历史上的标志性事件，也成为从洛阳走出去、在全国有影响的创新性事件。

全国自办发行创办 30 周年纪念大会暨 2015 年会员代表大会也就毫无悬念地在洛阳召开，由洛阳日报报业集团承办。三十而立，对 30 年来全国报纸的发行工作进行回顾和总结、探索新形势下报纸发行工作如何转型升级非常必要。精彩而务实地举办好这次会议，我们深感“压力山大”。

作为具体筹办的负责人，我和团队达成了共识：会议要大气圆满，服务要文明热情，措施要节俭务实，展示好报社和洛阳的形象，而精雕细节，是这一切的基础。此后，我带领大家对会议的各个细节反复推敲斟酌。

转眼到了大会报到时间，由于是全国性的会议，相当一部分与会者是第一次来洛阳，交通方式各种各样，有乘飞机到新郑机场的，有乘飞机到洛阳机场的，有坐火车到洛阳站的，也有乘高铁到洛阳龙门站的。针对不同情况，我们人性化地安排了不同的接站方式，如到达新郑机场者，委托旅行社安排接机，到达洛阳站者，由单位中层正职人员开私家车接站。无论白天黑夜，与会人员只要一到机场（车站）出口，就会看到我们的人员举牌相迎，来自全国各地 100 多家报社的人员就这样被热情有序地接到了会场。

到了驻地，早已在宾馆门口等候的工作人员微笑相迎，贴心地帮助与会者拿行李，跑前跑后帮助办理入住手续，并代领全部会议资料，将宾客一一送到房间。第二天上午是会员代表大会。当日凌晨，会议室安排就绪，“严阵以待”：桌面上红色座位签、白色茶杯、与会人员通信录摆放得整齐统一，从主席台上放眼望去，暗红色的桌布上是一条条粗实线，每一把椅背凸起在实线上，连同暗红色实线上星星点点的座签、茶杯、通信录，好似一面既整齐又灵动的巨幅乐谱，仿佛马上就要奏响悦耳的乐章。金色椅背严谨如仪仗队列，红色座签仿佛承载无数荣誉的徽章，白色茶杯和通信录犹如洁白无瑕的百合花含苞待放……

与会人员有序入座后，我们精心制作的宣传视频——《栉风沐雨三十年》适时开始在背景墙上放映。丰富的历史画面配以浑厚的男中音，生动地呈现着报纸发行工作的奋斗历史、辉煌成就，解说着发行工作面临的抉择与前景展望，吸引、感染、震撼了会场上每一位嘉宾。视频播放完毕后，会议进入领导致辞、工作报告、颁奖、专家讲座、分组讨论环节，整个流程有条不紊，秩序井然，圆满顺利。

全国报纸自办发行协会会长霍静离开洛阳时，紧握着我的手说：“这次年会非常成功，十分圆满！”说着，他紧紧地和我拥抱了一下，又说了四个字：“谢谢你们！”品着这四个字，看着他离去的身影，我知道，我们大气办会、精心服务的目标实现了，我心里充满对团队兄弟姐妹辛勤付出的感激之情。

洛阳承载着厚重的历史文明，有着开放包容的历史基因，如今又是充满活力的现代化都市，发展会展经济正当其时。每年有很多会议、活动在洛阳举办，这正是承办单位展示洛阳大气、文明、厚道形象的良机。但大气不是大大咧咧、大而无当，展大气更要拘小节，因为，整体大气是由无数细节组合而成的。

世事洞明皆学问

“世事洞明皆学问，人情练达即文章。”这是出自《红楼梦》第五回中的一副对联。此联的大意是：明白世事，掌握其规律，这些都是学问；恰当地处理事情，懂得道理，总结出来的经验就是文章。

说句实话，洞明世事、练达人情的境界，一般人恐怕很难达到。但是，起码的世事、基本的人情，我们应该懂得。家风建设也是如此，我们应该懂得基本的人情世故，不至于因为常识问题欠缺和行为不端导致全家不和、家风日落。

托尔斯泰说过，幸福的家庭都是相似的，不幸的家庭各有各的不幸。其实，家风建设也是这样，一个家庭是否幸福，家风好坏头等重要，但是，家人钱财多少、学历高低，真不是关键因素。那么，关键的因素是什么？是家庭成员人人向善。人人向善，家庭肯定是幸福的，不用说，家风肯定也是健康的。不幸的家庭，如果排除了天灾人祸，排除了体疾身病，不幸大都是家庭成员中有一人或几人心地不善造成的。据此，我们可以断定，向善应是基本的人情世故，也应是家风建设的主要内容。

这里，我们可以反观自己熟知的各种家庭情况看看是不是这样。

可先看自个儿家风如何，再看父母家（岳父母家）、兄弟姐妹家、伯叔姨姑家家风好坏。通过比较，或许可以发现，家风好与不好，都是由家人心地善良与否决定的。

何谓心地向善？就是心里想的、手上做的，都是对家人有益的事情。

那么，怎样做才是心地向善？

孝顺父母发自内心，不是做作。百善孝为先。关于孝，孔子说："今之孝者，是谓能养。至于犬马，皆能有养，不敬，何以别乎？"《孝经·开宗明义章》说："身体发肤，受之父母，不敢毁伤，孝之始也。"从这两句话可以看出，孝顺最基本的有三条：一是供给父母衣食住行，满足其物质需求；二是对父母要和颜悦色，经常陪陪父母，满足其精神需求；三是保护好自己，不要让父母担心。如果这三条其中有一条没有做到，那就不能说孝顺。实际上，在我们身边三条都没有做到的大有人在。物质上不说满足父母，有的连他们起码的衣食都不管不问；不要说经常陪陪父母，有的一年连一次都不会去看望。如果有这样的子女，父母会幸福吗？

关爱家人发自内心，不求回报。关爱是善意的最佳表达方式。关爱别人就是关爱自己，因为只有你关爱了别人，在你需要帮助的时候别人才会回报你，关爱别人是我们得到别人关爱的前提。 关爱不是怜悯，更不是同情，而是快乐地以一己之力助他人成长，并让受助人也感到快乐，这才是关爱的本质。关爱是相互的。有的人总盼望能从别人那里得到些什么，却从不问你给予过别人什么。有的人经常报怨住院时你怎么不来看我，他却从不反问自己人家住院时你去看过没有。有些做子女的总想去父母那儿索要些什么，却从不反问自己给父母孝敬了什么。有的人花父母的钱花得心安理得，却从不觉得亏欠父母什么。

抑制假恶丑，弘扬真善美。对虚假、恶行、丑陋，我们都应该持揭露、批判和打击的态度，努力使其无立足之地、藏身之所。对假的信息敢于揭露，对恶劣行径敢于批判，对丑陋言行敢于打击，应该是全体成员的一致态度。一家人如果对家庭成员中的虚假、恶行、丑陋视而不见，纵容姑息，其结果不但害人，而且害己。家庭成员应该有这样的共识：父母若是领导干部，廉洁勤政就是真善美，涉腐懒政就是假恶丑；子女若是经商，诚信经营就是真善美，制售假冒伪劣就是假恶丑；夫妻之间互敬互爱就是真善美，漫骂互殴就是假恶丑。唯此，才叫崇德向善，才是好的家风。

家庭是社会最基本的细胞，是最重要、最核心的社会组织，也是最重要、最基本、最核心的经济组织，还是人们最重要、最基本、最核心的精神家园。家风的健康可持续发展是社会稳定发展、国家稳定发展的基石。习近平总书记特别看重家风建设，他要求，“把家风建设作为领导干部作风建设重要内容，弘扬真善美、抑制假恶丑，营造崇德向善、见贤思齐的社会氛围，推动社会风气明显好转”。美国社会学家伯吉斯和洛克提出：“家庭是被婚姻、血缘或收养的纽带联合起来的人的群体，各人以其作为父母、夫妻或兄弟姐妹的社会身份相互作用和交往，创造一个共同的文化。”我想，这种文化，应该是向善的文化。向善应该是家庭成员间起码的人情世故，人人都应心地善良，多做对家人有益的事。

偶遇小朱

在北京西客站上车时碰到刚下车的小朱，小朱兴高采烈，神采奕奕，大步冲到我的面前，喊：大哥好！激动死我了！我终于来北京了！

然后，小朱又抹眼泪说：这几天踢不成球了，咋办呢？想媳妇了，咋办呢？

我这当哥的，感动啊，赶紧给他擦擦眼泪，并拥抱小朱说：还是年轻好啊，小朱重情重义，多好的兄弟！

说完，我推开小朱，拍着胸膛对小朱说：踢球的事放心吧，哥今晚回去替你踢！想媳妇的事……哥也不能替你……让陈大哥多宽慰弟妹想念你的心吧！

小朱听了很高兴，破涕为笑，朗声道：那我就放心了，拜托大哥了，我一定在清华好好学习，化思念为力量，化痛苦为动力，为中国梦早日实现而忘记一切！

小朱说完，挥了挥手，走了。

我看着小朱矫健的背影，由衷地感叹，和谐毽球队因有了小朱，充满了活力，市机关因有了小朱，转变了作风。想到这，我的眼泪流了出来。

我抹去泪水，扭身上车，同时暗暗发誓，向小朱学习，下车踢球去！

一支队伍的成长与垮掉

大概是前年吧，业余时间我们组建了一支毽球队，成员有大学教授、党政机关干部、中学老师、企业管理人员、银行职员。其中的三哥还给队伍起了个很好听的名字——和谐球队，并选举了队长，制定了章程。成立两年来，我们一起度过了很长一段的快乐时光。

记得前年经常下雪，春节期间也下。不论何时下雪，晚上八点前，总有人会提前去场地把雪扫净，等待大家前来玩耍。踢球是三人对踢的六人制，一般是老中青结合，中高下结合，男女混合，也就是两队对踢时，一边的三个人要与对边对称，力量均衡，这样比赛起来，水平相当，争抢得当可对踢十几个回合，一场下来，十几分钟时间，两队可连续对踢两场，二三十分钟的时间。然后下场，换另两队上场对踢。先下场的坐在一边，或聊天，或当裁判，或交流踢球经验。场地东西两边上空安置有照明灯，场边安放了坐垫、椅子、桌子，还有烧水壶。歇息的人会把开水烧好，并倒进所有人的杯中。踢球当中也可以停下来喝口水。

我们很怀念那时的场景。场上六个人鏖战着，噼啪声、脚步声，不绝于耳，场下的人评论着，叹息声、叫好声，此起彼伏。冬天，场上的人大汗淋漓，场下的人围坐在长条椅上，腿上覆盖着不知谁带来的棉被。夏天，每天会有人自觉自发地带上一两个西瓜，供踢球下场的人解渴。这种流汗的酣畅和快乐的场景每天吸引着我，只要不离开洛阳，只要晚上没有应酬，这个场地是我每晚必去的地方。即使晚上有应酬，我也是心神不宁，总会找个借口溜出来，赶到场地踢几脚，虽然有时酒的作用会让我步履踉跄、技法低下、姿态狼狈，但我仍然乐在其中。

这是多么让人向往的队伍和活动。但是，因为一件事，队伍有了不太和谐的音符。去年的某一天，三哥在和谐群里发了一个视频：一个儿童样的馅包，用两指从身体两侧一捏，从臀形处会流出黑色的豆酱汁。我看了，哑然失笑。这确是个不怎么高雅的视频，但是，应该无伤大雅，玩笑而已。然而，我们的队伍成员来自四面八方，审美及趣味不很一致，看法当然会有不同，特别是上年纪者，三哥的视频自然引起了批评声。结果，三哥被清除出队伍了。知道这个消息，我很感惋惜。我个人觉得，三哥是个很不错的人，球技高超，带徒耐心，说话幽默。他发这个视频，出发点应该是逗乐的，并无任何恶意，更与人品无关。

何谓人品？字典上解释：人的品质，人的仪表。人品就是人的品牌。同商品的品牌一样，人品就是一个人的形象招牌，它同样时时刻刻地发挥着自己的“品牌效应”。“见贤思齐”“桃李不言，下自成蹊”“一呼百应”，这是好人品的效应；而“敬而远之”“人所不齿”“天怒人怨”，则是差人品的效应。每个人都在自觉不自觉地塑造自己的人品。为人夫妻，要挚爱关怀；为人子女，要尽孝尽责；为人执业，要忠诚敬业；为人朋友，要真诚友爱；经商，要诚实守信，不害人利己；为官，要利国爱民，不迷恋权钱；等等。那么作为球友，应该是什么人品？助人为乐而不是损人利己，坚持锻炼而不是三天打鱼两天晒网，主动值日而不是坐享其成，互谅互让而不是独霸一方，自觉奉献而不是被动点拨。我觉着，和谐球队队员这两年呈现的都是这种精神和品质。

三哥离开的日子，是我非常失落的日子。即便如此，我在踢球时也没有说什么。这个世界，离开谁，照样运转。我更不会以人品的高低来评价三哥。但是，想念三哥是肯定的，我想这就是三哥的人格魅力。可能是因为这个因素，队长又把三哥拉进群里，我们又成了队友，又开始了充满快乐与活力的日子。然而，春节后，队里又搞了个注册会员制，还要有担保人才能重新入队。担保人是个门槛。这次，三哥只好自动退出了，他的退出，也使其他水平高的队员接连退出。这样一来，眼看春天到了，和煦的春风吹着，可是，每晚的球场上，踢球的人有时都凑不够六个，活动经常“流产”。有人感叹，这怎么踢呀？这活动怎么搞啊？我笑着说，队伍不好带啊！

我心里想，我们的球友能走到一起，是缘分，更是共同爱好使然。几经磨合，已经默契，渐成志同道合的朋友，不应有更多格外的要求。每晚两小时的活动，我们只要流汗，我们只要开心，就好。

道

上士闻道，勤而行之；中士闻道，若存若亡；下士闻道，大笑之。不笑不足以为道。

——《道德经》

1. 明道若昧

9月29日，6时醒来，想到昨夜锅里泡上了绿豆，就想看会儿微信再起床滚小米绿豆汤，喝了汤再到小树林踢球，时间来得及。

看微信时间过得很快，一看表6：30了，赶紧起床跑到厨房，一看锅里没有水，锅底只是一层干绿豆。想到昨晚从洛阳理工学院踢球回来，放了绿豆，却忘了放水。拍拍脑袋，连忙添水，打火，水开后，放小米。一边做着，一边想着，如果媳妇庄严在家，不至于让我早晚两餐没着落，更用不着我下厨做饭。不行，今天还得劝她回来，不能为了几千元工资，让我陷于孤单寂寞早晚无餐可用的境况之中。

2. 进道若退

正在工作。10：30，庄严从学校打来电话。

“你在办公室？”

“看你问的，不在办公室，还能在哪儿？”

“告诉你个好消息！”

“升官发财啦？”

“校办刚才通知我，十一后不用上班了！这不是中你的意了？”

“好事。回来陪我吧。”我又问：“啥原因呢？”

“我没有问。我肯定站好最后一班岗。”

“听口气，你好像心有不甘啊！”

“没有，没有！我心里平静得很！”

“那就中！”

……

“校长知道这事吗？”

“她出差好几天了。我也懒得问她。”

“好。明天下午，我开车去接你！好事！”

10：45，我处理了一会儿公务后，总觉得不对劲，便打电话给霞。

“你姐刚才打电话说她被学校辞了。”

“咋回事？她不是在学校干得好好的吗？”

“不清楚。我想她心里肯定不好受。你打电话或中午去安慰一下。我欢迎她回家。”

“中。”

10：50，我又打电话给霞："给你姐打了没有？"

"可忙可忙，马上马上！"

"快点！"

"中！"

11：00，霞打了过来。

"我姐哭了。"

"我想着会这样。"

"姐是校长聘请的小学宿管部主任，姐这么下劲干了四个多月，校长怎么会辞了姐？"

"校长出差了。"

"校长知道不知道？"

"这么大的事，辞的是中层，校长会不知道？一定知道！"

"你没有联系她？"

"没有。"

"你联系她呗！"

"这事本不想管。"

"联系她，问她为什么这样对我姐！"

"好！"

顿了会儿，我说："发短信吧。你先看看，行不？"

"好！"

3. 夷道若颣

11：30，我短信霞，让她看看如何。

霞即回："很好！社长水平就是高。建议再多说两句我姐敬业的细节，比如为招生逢人便说学校好，嗓子到现在还未恢复，身体日渐消瘦等。还有，把阳阳的事托付给她。”

她说的也是实情。阳阳是我的外甥女，让校长关照也在情理之中。

我稍作改动，发给了孔校长：

大姐好：

一小时前，庄严打来电话，听出来表面平静但内心定有波澜。

大姐可以解雇她，私企更能这样做。但从管理角度，方式可以更为简便有效，如你可以告知愚弟说庄严不适合在那里任职，由弟劝她回转，你我双方各得其所。前天送庄严时我还劝她回来，昼夜付出（晚上不过12点不能休息，弟早晚不能应时吃饭），为招生活老师费尽口舌，为招学生四处奔波逢人便说学校好，嗓子到现在还未恢复，身体日渐消瘦，以校为家，不值。但她说她喜欢教育事业。现在的结局，弟喜欢，弟妹肯定不喜欢！

庄严表示会站好最后一班岗。这大姐尽可放心。

也感谢大姐关照。还有外甥女阳阳，盼大姐继续照顾，这也是你弟妹流连原因。

祝出差愉快！

12：00，孔校长回了短信，她确实在国外，大约19日因私出国，中间由新加坡到了欧洲。

12：30，我们通过视频又聊了情况。她对此不知情，建议我向市民办学校的主管部门负责人洪局长反映。

我也觉得应该这么做。

4. 上德若谷

13：20，我打洪局长电话，未接。看看时间，正是午休时间，也觉不妥，遂短信向洪局长反映。

短信发出去后没多久，洪局长打来电话，说手机不在身边，刚看到短信，也向华校（洛阳华洋国际学校）在家的副校长了解了情况，这个校长对此事意见也很大。校长确实在国外，对于这种变故也很生气。洪局长建议我将情况发到其邮箱，还要了庄严的电话，要进一步了解情况。

洪局长的认真负责和重视态度出乎我的意料。我随即整理情况，并征询庄严的意见，跟局长反映：

尊敬的洪局长：

您好！现写信向您反映个问题，盼洪局长您百忙之中能够亲自过问、督促解决。

我叫庄严，原为一拖某公司装备部部长、支部书记，企业管理专业本科毕业，刚满50岁。今年5月底，我被华校聘为小学宿管部主任。这几个月，我夜以继日工作、生活在华校，为华校招生，替学校管理，倾心付出，不分昼夜，所负责工作得到孔校长表扬和员工肯定，也受到孩子们的一致欢迎。爱人见我很累，成天不着家，前天送我归校时还劝我回来算了，说不必如此付出，但我还是坚持，因为我喜欢教育事业。但是，今天上午，校办突然通知我十一后不用到学校上班了。对此，我虽然表现得平静，也保证站好最后一班岗，但心中相当失落。

今天下午，我联系了校长，她出国看闺女了，毫不知情，现在正为此事恼火。我认为，董事会不经校长同意擅自清退其聘任的优秀员工，既没说明原因，也不提前告知，这件事无论公办还是私办，都与法与情相悖。长此以往，对员工权益维护，对学生教育培养，对学校管理提升，毫无疑问都会产生极大的削弱和影响。即使减员增效，也应由CEO决定，而不应由董事会绕过CEO擅权实施。这违背了现代企业管理理念，更与教育家办校理念背道而驰！

之所以向局长您反映，是盼您能了解过问一下华校此举是否妥当，也衷心希望借此解决民办学校管理上的一些问题，使我们的私立学校也通过有效监管走上更加规范化、健康化的轨道。

再问洪局长好！

华校小学宿管部主任：庄严

2015年9月29日

5. 广德若不足

下午6：30，庄严打来电话说已回到家。听话音平缓，语气平静，我也很放心，就与朋友吃饭喝酒去了。

晚8：50，本想到洛阳理工学院踢球，又想到不知庄严的状况究竟怎样，便回到家中。

进了家门，看到霞和庄严在沙发上谈笑风生，我就放心了。但是，庄严嗓子仍然沙哑，这是话说多的缘故，为了宣传招生，也为了管理。但我感觉加重了，想来也是与意想不到的解雇有关。

我半开玩笑地说："话再说多点就不哑了！"

庄严笑笑说："去去去！"

霞也附和着。

我进屋换了健身服，又出来，说："那我下楼散步了！"

9：40，回到家中，霞已经走了。我简单洗了一下，关掉手机，进屋里躺床上看书。

10：30，庄严也进来，想说什么，我制止说："瞌睡了，睡觉吧！我知道你想说啥，肯定给霞都说过了。过两天都会好的。"

庄严欲言又止，说："我想说！"

我知道，对于任何心灵创伤，时间都是最好的抚慰。

我闭眼即睡。早上近7时，被庄严叫醒。

我相信她一夜难眠。

庄严说："我4点多起来，给校长写了封信，我念给你听听！"

这我不能拒绝。我向床头靠了靠，也把被子往上拉了拉。

庄严就坐在床沿儿上念。

信是用钢笔写的，很长，字密密麻麻，有4页。

庄严念道："孔校长：你好！……"逐字逐句，她用普通话在讲为什么要到华校，为什么爱上教育，在讲如何去管理，又如何莫名其妙挨到校长批评，以及这次又突然被辞退的痛苦感受和打击。开始是在正常念，后来边掉泪边念，再后来是抽泣，当念到辛苦工作而受到校长批评后一人关在办公室哭泣时，她控制不住自己，扭身趴在我身上号啕大哭……

受到了多大委屈才会这样？

她在一拖某公司部门管理几百号人，与厂领导争执，说服企业员工，与供应商交涉，种种辩论交锋，也从未受过这么大的委屈。

这是我见到的第一次。

我拍拍她的背，说："看来真是受委屈了。写得不错。发给校长吧。"

我真不会劝人。

庄严起身，抬头，抽噎着说："发到校长邮箱，她在国外能收到吗？"

"能收到，也能看到。用手机都能看到。"

校长此时还在瑞士。那里正是夜里。

庄严听了，笑了笑，脸上还有泪珠。

"那我走了啊！"

"走吧，打出来发给校长。"

庄严下楼走了。她今天没给我做饭，但有她昨晚熬的小米绿豆汤。

我打开手机，看到了孔校长发来的微信。

一是深夜2：57发来的："兄弟费心了，我也打算辞职了！哈哈！告诉弟妹不要生气，为这件事不值得！我6号到洛阳后联系面谈。"

看到这儿，我是震惊的，为她辞职。因为，没有她就没有华校的今天。

我不明白：校长为什么会这么说，为什么会有这么大的气呢？

二是4：37发来的："我也决定辞职了！"

震惊之余，我马上给她回了微信：

> 委屈大姐了。你不应该。这对学校将是致命影响。因为有您的"牌子"在您的管治下，华校一年好过一年，是可与二外（洛阳市第二外国语学校）竞争的又一学校，是洛阳的光荣，不易，难得，值得。
>
> 也委屈了庄严。我心很大，我挨的批评是市委领导的批

评，但照样吃饭喝酒唱歌，因为无私无畏。但是，庄严这次受到严重打击，因为她为华校倾注了全部心血。我 7 点还在睡觉，被她叫醒，她给我念她早上 4 点起来写给你的长信，我没见她写得这么好过，她是在用情来写，是在用泪来写！因为她边哭边念，我从中也知道，她曾努力工作而被大姐批评，一个人关在办公室痛哭。她不如我心大。我工作上也从未如她尽心。

今年她招生招了 10 余人，这超过有的校领导，虽然她没任务。

她每天晚上是不过 12 点不睡觉。有天 11 点多我打电话，她还在学生宿舍检视。

我给她算账，在企业你一天虽然工作 8 小时，但你相对自由，工资比现在还高。现在你是工作 24 小时，工资还低，不值。以我现在的工资，不差你那钱，早回来多好，也不会受这委屈。

但是，听了给大姐的信，我的眼泪也掉了下来。这是一种爱，对教育事业的爱，爱岗位，爱孩子。这是一种报答，报答校长的关爱，报答华校的信任。

当庄严俯身痛哭时，我突然发现她的发际有好多根白发，原本乌黑的头发，竟已焦黄！

我知道这是她这几个月倾心付出的回报。

而我，马上 52 岁，头发漆黑。

现在她已赶回华校站好最后一班岗，也是为了给你发送长信！

为大姐心疼！为媳妇心痛！

写完后发出，感觉意犹未尽，又写道：

庄严之前回来，睡得总是很香。还打呼噜。因为她在学校睡不好。之前9点多睡，5点多起，现在是晚睡早起。

但是，她昨夜无眠。她要讲学校的事，我不听。

我记得她之前讲的，很有意义。

有个男孩大便到床上，用被子捂着，上课去了。生活老师发现后，恼火，要立马通知家长。庄严阻止说，清理完毕后，再通知家长。

有一女孩经常尿床，生活老师很生气，要批评学生，庄严制止说，学生上课后再晒被褥，给学生面子。她跟学生谈，问：怎么画地图了？学生不好意思地笑笑，说在家也经常这样。以后她每天夜里在12点时就叫孩子上次厕所，坚持几天后，女孩不尿床了。

生活老师素质远不如工厂的技术工人，管理起来很不容易，但庄严在用自己的方式方法，用她的亲和力和个人魅力进行有效的严格管理，促使他们服从学校决定和纪律，严格操作规程。她说十一后都会渐趋正常。

她说她是老党员，又在一拖公司当了16年中层，这点工作不算啥。

过了一会儿，孔校长发来视频信号，我看到她熟悉的面孔。她把手机镜头朝向天空，让我看："快看兄弟，我在瑞士，天上的月亮，多大，多亮，我们共享这一个月亮！"

此时，在夜空上，一轮明月皎洁！

我看着月亮，感叹着，埋怨道：“我早上没能踢成球，你得赔我！”

6 月 4 日庄严 50 周岁生日，也是她提前退休的日子。因为大学学的是企业管理，又一直干的是企业管理工作，且担任一拖某公司中层十几年，就被孔校长相中，退休手续还未办完，就被校长聘为华校小学宿管部主任。工作一段时间，小学部张校长对其敬业情和责任心大加赞赏，孔校长知晓后，也给予表扬。孔校长一次在中层干部培训会上说：“庄严主任家老公也是市里的领导干部，很能干，收入也高，她完全可以在家给老公做做饭，陪老公踢踢球，为什么还要来华校出力流汗，一天二十四小时不回家？就是为了华校，为了她曾经的教师职业的梦想！”

庄严的退休选择恰如孔校长此言。

华校是民办公助学校，在孔校长打理下，在校生人数已由四五百发展到一千七八，已由当初的只设小学，发展到现在小学、初中、高中并设，教师一二百人的规模，是很有希望很有前景的学校。此类性质的好学校，洛阳目前只有二外，今后能与之竞争的，恐怕也只有华校。这一切，都可归功于孔校长。可以毫不夸张地说，没有孔校长，便没有华校的一切。孔校长可谓华校的一把手。我曾撰文谈一把手：

> 一把手的素质高低，关乎一个国家一个地方一个系统一个单位的形象，关系着工作效率和和谐人际关系。
>
> 作为一把手，有一定的素质要求，如学历要求全日制专科以上，阅历要求在几个岗位工作过，性格要求不能优柔寡断，品行要求人民信得过，等等。这里的学历、阅历、性格、品行，应该构成一把手的主要素质，其中学历是基础，阅历是条件，性格是助力，品行是关键。

要什么样的性格？两个字，果敢；扩充一下，就是果断、勇敢。当一把手，如果在关键时刻优柔寡断，将贻误时机，会给事业造成巨大损失。有些事，不论大小，当断不断，可能的结局是事情到此止步，无法推进；纠纷延续加剧，难以控制；人力资源停滞，人浮于事。一把手的形象必然在属下心目中渐渐降低，有可能被诟病为缺乏领导能力甚至没有领导水平。为什么果断的同时，还要加上勇敢？勇敢是一种精神，这种精神，就是事业高于一切，如果畏首畏尾，瞻前顾后，想断也不敢去断，那也将是一个大失水准的一把手。工作中，怕人议论，怕人闲话，班子中有点杂音，一把手就害怕了，就不敢拍板决断的情形，确实很多。所以，决断必须果敢。当然，这里的果断，不是独断，不是不顾事实，不是不分青红皂白，不是不分主次，不是不听属下正确意见的一意孤行。独断的后果，也相当可怕。勇敢，也不是专横，不是无所顾忌地耍大，不是瞎说瞎拍的口无遮拦，是在充分考虑可行性及后果的基础上、坚持原则前提下的勇敢。专横的后果，也相当可怕。写到这儿，我想到读过的一篇文章，讲有所畏才能有所为，也能说明这个道理。文章说，一把手如果失去敬畏之心，为人处世就可能变得狂妄自大、肆无忌惮，甚至贪得无厌、无法无天，最终吞下自酿恶果；只有常存敬畏之心，才会有一种如履薄冰的感觉，自觉严格要求自己，保持正确的人生航向，堂堂正正为人，踏踏实实做事，从而在工作、生活和自身修养上有所作为。

素质当中，最最重要的是品行。说到这里，想到习近平的一段话很能说明一把手应该有什么样的品行。整理他的观点，结合我的论述，一把手的品行，就是要老实做人、做老实人。这是一把手品行的外在表现，既是一种高尚的人生态度，更是一种严谨的道德实践。这里所说的"老实人"，就是思想务实、生活朴实、作风扎实的人，就是尊重科学、尊重实践、尊重规律的人，就是诚实守信、言行一致、表里如一的人，就是勤勤恳恳工作、努力进取创造、任劳任怨奉献的人。做老实人，就要从平凡小事做起，在点点滴滴中体现。特别要在以下四个方面着力。一是忠诚老实。就是要襟怀坦白，光明磊落；讲真话、讲实话、讲心里话；以行动验证表态，用实践兑现承诺。二是尽职尽责。要在其位，谋其政，尽其责，真正做到为官一任，造福一方；把全部心思和精力用在干事创业上，定下来的事情就要雷厉风行、抓紧实施，部署了的工作就要一抓到底、见到成效，以咬定青山不放松的精神真抓实干、攻坚克难，努力创造出经得起实践、群众和历史检验的业绩。三是满怀真情。要设身处地、换位思考，以群众的忧乐为忧乐，以百姓的疾苦为疾苦，做到权为民所用、情为民所系、利为民所谋。四是谦虚谨慎。一把手无论在哪个工作岗位上、在哪个领导班子中，都要处理好个人与集体、个人与组织的关系，任何时候都要虚怀若谷，不能居功自傲；要胸怀大局、淡泊名利，做到成绩面前不张扬、荣誉面前不伸手、责任面前不推诿。

一把手的素质要多高？其实不要多高。只要你做到果敢了，上下都说你是一个老实人了再加上是名副其实的"为官一任，造福一方”了，那你就是称职的一把手了。说了上面那么多话，道理其实就这么简单。

因为工作关系，我与孔校长有过多年的接触，经多年观察，我认为孔校长就是有素质有品行的人。

兴学办校能否成功，关键看校长的品牌力、影响力和管校治校能力。孔校长在家长游学会上说的两句话我记忆犹新：“家长选学校，主要看两点，一是看这个学校的校长是谁，二是看这个班的班主任是谁。”想想确实是这个道理。孔校长的厉害，在教育系统是有名的。当有人知道我六年前曾在上海复旦培训时与她同学时脱口说：“她厉害着的呀，我们背后都叫她慈禧太后！”

当然，我肯定孔校长的作用，并不意味着她在管理上就没有疏漏，就十全十美。庄严就任后曾多次就学校管理问题提出整改建议，投资商德总的代理人在场时，庄严也不讲情面地指出。

一把手的作用举足轻重。一把手的影响势如千钧。这是华校诞生、成长和壮大的先决条件。我开始的认识并未有此高度。我当时只是看重队伍建设。但孔校长特别重视中层干部作用的发挥。这种抓手，是撬杠的支点。

关于中层干部的职责和作用，孔校长在培训会上讲了几点，说得很到位。

孔校长说：“中层干部既是执行者，又是领导者，既是决策层与全体教职工的纽带，又是执行正确决策的带头人和检察官。中层干部作用发挥得好，就是校领导与广大教职工之间的一座桥梁；发挥得不好，就成了横在两者之间的一堵墙。中层干部必须清醒地认识到，学校工作必须是由不同的岗位来完成的，你不可能事必躬亲，你必须通过别人来完成。好比打仗，你的位置是前沿指挥所。中层干部应具有领悟能力、计划能力、协调能力、指挥能力、创新能力、反思总结能力。这几种能力之和就是一个人的领导力和执行力，即我们通常说的个人能力如何。”

这种概括很精辟。这是孔校长领导职业生涯的智慧。

孔校长看中庄严，也是这六种能力的折射。

庄严还没办好退休手续，就被校长聘为中层，她应该是被信任和重用所感动，顷刻就以全身心投入工作，我由此却被冷落家中。很少做饭的我，开始做饭了，有好长时间不适应。

庄严的能力，我是了解和信服的。我曾开玩笑地说：你应该是当校长的料，比如抓行政后勤的副校长，绰绰有余，一个宿管部主任，值得你这么用劲?

庄严认真地说：“我喜欢！你别管！”

一句“我喜欢”，让她以感恩的心态、敬业的神态、负责任的姿态出现在华校，出现在管理岗位和招生奔波中。

庄严到岗位后迅速进入角色，于暑假伊始，向校长提出 7 大项 37 条事关学生安全的整改建议，写了整整 4 页纸，并不断督促落实，对 8 月底临近开学时仍未整改的，敢于提请校长和主管校长落实。

如宿舍门只有一个合页，如果不及时修固，就有砸伤学生的可能。

为女子高中腾出六楼的教室和房间，庄严带领十几个生活老师（妇女）拆床，搬床，装床，楼上楼下来回折腾。床都是铁架子床。

对安全整改工作，我是坚决支持的，因为这是她的职责所在。如果出事，追责必然。

对腾挪房子，我是不理解的：这应该由学校男教工或雇用民工来干，妇女怎么能出这样的苦力？但是，庄严带领下的生活老师没有怨言。

华校今年中招考试成绩喜人，庄严到处宣传，通过微信、短信广而告之。

华校员工均有招生任务，由于庄严新任，没有任务，但她开着车，拿着宣传册，到周边的县市区幼儿园沟通联络，大都能与园长成为朋友。西工区一园长说："我就信任你。有个学校说招一个给我1000块钱，你却从不提这事，我相信华校。"

庄严为招生投入了多少，无法衡量。我曾问："一个月多打800多元话费，花四五百元油钱，有人报没？"

庄严笑笑说："有，你给我报！"

她招来了12名学生。而华校中层的招生任务是每人3名。有的中层没有完成任务。

庄严为什么乐此不疲，甘于付出？

这源于兴趣。

6.建德若偷

对于华校投资商未经孔校长同意解雇学校副校长还有中层的做法，我虽是局外人，但也觉得不可思议。我觉得这应该引起市主管部门的注意，不能事不关己，高高挂起。——为了华校，也为了洛阳方兴未艾的民办教育事业。

因此，我在把反映情况的邮件发给洪局长的同时，也发给了主管主任，洪局长也给了他。

没有多久，这位主任回复我：

此类事情的确需要规范，它属于人事管理，需要按规范的聘任去运作。

洪局长也转达了他的回复：

此类事属人事管理，需要按聘任制的要求去规范。建议按信访渠道介入。用行政手段解决的话，是劳动仲裁。最根本的还是法律手段。

我看了这个回复，似乎明白了一些现象和道理。我想说点什么，又觉着有些情况反映了即可。但是，总觉得应该有点话要报告洪局长。

按捺不住，我又给洪局长写了几句：

弟斗胆进言：政府主管部门对民办学校给予及时的检查、提醒、督促、整改，促其规范化管理，是必要的，且不能有所放松。审批了，就要监管。比如董事会不能抛开CEO决定企业中层人员去留，更不能违背教育家办校理念。长此以往放任自流，于民办学校成长壮大是个削弱甚至是个破坏。

孔校长是弟在上海带班培训时结识的市级优秀人才，在管校治校上才干出众，特别是教育理念时尚超前，是弟敬佩的人之一。董事会不征求校长意见随意解聘人，监管者若熟视无睹，还用信访渠道或法律仲裁等理由推脱，这是冠冕堂皇的托词，也是不负责任的表现。

说多了。兄见谅！

我想到了与孔校长的视频对话，在庄严向我泣诉的那天早上，也是在庄严走后我给孔校长发了两条微信之后。

视频中，瑞士正是皓月当空。

我说：“月亮真大，瑞士真美，8 月初，庄严和张校长也在瑞士。”

“对。她俩来这儿是享受，我来这儿是熬煎，电话打个不停。你看，这是弄的啥事呢！不和我商量，也不和我沟通，我这个校长，财权在哪里？人事权在哪里？没有财权和人事权，那管治权在哪里？所以，我决定不干这校长了！闺女、女婿，还有你哥都劝我不要干了！闺女、女婿都拿到绿卡了，让我专职带外孙，享受生活。弟妹当老师的愿望不会落空，姐会让她再次实现！”

孔校长说了很多，看来也是气愤难平。确实，华校成长壮大，孔校长付出了很多。

我已经冷静，但仍然动情地说：“大姐要慎重考虑后再决定去留。我个人的意见是继续留任，因为你的事业愿景，你的职业擅长，就在管校治校。你不论在 407 中学，还是在一外，都证明了你的才能和水平。华校能有今天，与你的品牌，与你的能力，与你的付出分不开。德总能投资教育，能聘请你当华校校长，是有远见的，有超人的智慧。他之所以决定解聘，我觉着，不排除有小人背后撺掇、诋毁，唯恐天下不乱的一面。时间还早，等你回来，与德总见面沟通了解情况后，再决定也不晚。”顿了顿，我又补充了一句，“你若辞职，我敢断定，华校会走下坡路，其对学校生存发展的影响可能是致命的。一个很有名很有能力的校长因办学理念受阻而被迫辞职，在社会上传开后，对来年招生的负面影响也是直接的、立竿见影的。”

孔校长听了我说的，也平静不少，感慨道：“我曾给董事长说过，投资你懂，我不如你，治校我懂，你不如我。让他不要干预我的治校工作。我也当着弟妹的面，介绍了弟妹的经历和能力。他都点过头的。

他可能忘了。”

对话结束后，她给我发来了一张图片，然后关机过夜了。不关机，白天的洛阳会不断打破瑞士黑夜的宁静。

图片是一份文件。

题目是“关于华校减员的通知”。

学校各部门：

为了响应总公司减员增效、定编定员的精神。结合我校发展和实际情况。接到总公司人力资源要求。经公司董事会研究决定，拟辞退以下人员：……

辞退人员中有小学副校长1名，中层1名，校办人员1名，后勤5名。

落款及日期为“洛阳华校”“2015年9月22日”。

德总在文件上批示：“9月30日前辞退。”

从这个文件上看，草拟文稿者功底太差，句号滥用；制作时间在校长出国之后；文件签发未报请孔校长或主持工作的校长签发；未加盖学校公章。

从这些情况看，学校的决策程序有问题，过程控制不规范、不科学；盲目决策反映了民办学校制度上的缺失或制度形同虚设，管人用人上缺乏人本精神甚至轻率。这些现象对一个企业的发展，其影响是极消极的。

我们不难想象：

当你把所从事的工作当作事业而不是谋生的手段，那么，你投入到工作上的时间和精力是无法计算的，可能是全天候和全身心的。当你全天候、全身心投入了，你就不会计较职务和收入，也不会计较荣誉和待遇，整日无怨无悔地工作着、忙碌着、快乐着、充实着，忘了家庭，忘了作息，且乐此不疲，同时也得到了校领导、同事和学生的认可和尊重。然而，突然有一天，毫无征兆地，毫无准备地，被校办电话通知说“你过了节就不要来上班了”，没有过渡，没有解释。如果是你，你会是什么感觉呢？会不会是当头一棒呢？会不会是当空惊雷呢？会不会是……教书育人的学校做出这样的事来，让人觉得很不可思议。

一门心思扑在学校的孔校长肯定会有这样的感觉。不仅因为她是爱才之人，更因为她也为这个学校做了全天候、全身心的付出，看着华校诞生成长的她，却没有得到起码的尊重和沟通。

可以说，孔校长与庄严主任在此次事件上同受打击，只是区别在于，一个是不信任，一个是被抛弃。表象是投资商对聘用者的合理监管，实质是权力滥使，最终损害的肯定是投资商的根本利益，损伤的是老板兴学办校的公益初衷。

我想了一会儿，觉得这种现象应该引起洪局长的重视，如果能够促其加强对民办学校的监管，纠偏正向，也算是为他今后决策提供了参谋。也应该提醒德总放权校长，科学监督，查漏补缺，也算是对他投资兴学的一种感谢。

我分别给洪局长和德总发了短信。

洪局长兄：

今晨，打开手机后看到孔校长发来微信，看后震惊，也觉得我们应该做点什么。她说，兄弟费心了，我也打算辞职了！哈哈！告诉弟妹不要生气，我6号到洛阳后联系面谈。

我给校长回了两条微信如下。我还能做的，是给局长兄发信。

给孔的信一：委屈大姐了。你不应该。这对学校将是致命影响。因为有您的“牌子”在您的管治下，华校一年好过一年，是可与二外竞争的又一学校，是洛阳的光荣，不易，难得，值得。

也委屈了庄严……

信二：庄严之前回来，睡得总是很香。还打呼噜。因为她在学校睡不好。之前9点多睡，5点多起，现在是晚睡早起。

但是，她昨夜无眠。她要讲学校的事，我不听。

……

弟　致礼

2015年9月30日

德总：

您好！您不认识我。但我早听说过您，对您仰慕已久。因为您投资兴学。月初，我在伊滨区考察时，还心怀崇敬地给区领导说要请您吃个饭，表达一下敬仰之情。

但这次斗胆给您写信，缘于您签发的“减员增效”通知。这是您的权力，因为这是您投钱办的学校。

德总先看两封我早上写给孔校长的微信吧。您别介意，我不会求您收回成命。我比您虚长好几岁，应是您的老兄。只是您看后，盼您今后决策时更加慎重，以利您投资的学校成长壮大。

…………

给局长的信语言有点尖刻，给老板的拿捏得有点分寸。

两封信发出后，洪局长是怎么看和怎么做的，我不清楚，也没去问，但后来德总给孔校长说，洪局长给他打电话了解情况了，他自己也知道自己做法欠妥。

德总中午时分回了短信："贾兄：您好！谅解！近期见面叙！"

我看后回复："谢谢回复。恭祝节日快乐，阖家幸福！"

德总又回："回见哥哥。相信今后会成为很好的兄弟！"

7. 质真若渝

国庆节有七天假期，这是放松心情的日子。

我得让庄严忘却不愉快，我说："咱去西安吧？没有计划，没有动机，没有目的，纯粹是游玩，中不中？"

庄严说："中！叫上霞！"

庄严开车是科班，我是自学成才，但我不能让她开车，因为她心智仍然混乱。

我驾车，妹夫辉坐副驾驶座，霞、外甥女馨、庄严在后座。10 月 1 日下午，一路西行，顺畅。一路欢笑，热闹。霞说："我姐一路怪高兴嘞！"晚上入住西安曲江银座酒店，环境优越。但是，庄严依然没有熟睡，起得很早。

第二天，我们去看了在西安居住的二舅。二舅 85 岁了，精神矍铄。10 年前，我在市委办当科长时，他回过老家。但是，二妗子我是第一次见到，因为她娘家没人了，几乎没有回来过。

下午和晚上，我们在大唐芙蓉园游玩至深夜，吃了汉中老碗。也可能是累了，这晚庄严睡得很香。

在她睡着的当儿，我从手机上调出她给校长写的长信，慢慢读了起来：

孔校长：

您好！

本来不想给您写这封信，也不想打扰您的天伦之乐，更不想给您添堵，想今天下午默默地离开学校。但是，昨晚一夜未眠，还是想把我4个月来在学校的工作经历向您诉说。

感谢您和华校给我一个做教育工作者的平台。我也是通过学校面试后被聘为小学宿管部主任的。我之所以选择来华校工作，正如我在《生活老师培训感悟》中所说，一是您的个人魅力和办学理念吸引了我，二是想圆我从小当教育工作者的梦想。没想到，我毫不犹豫地辞去了工作环境舒适、距家近且待遇较丰厚的公司来到华校，这4个月来非常努力，却在昨天突然结束了我梦寐以求的工作。这是我始料未及的。简直是一盆冰水从头浇到脚，使我心寒。对此，我以多年在中层岗位工作的共产党员的素质与觉悟，接受学校和公司的决定，但从内心来讲，我很不甘心！

我在企业工作了30年，一直从事管理工作，当中层领导16年，参加全国第一年经济师统一考试获取经济师资格证书。无论在哪个岗位工作，我始终以饱满的工作热情、严谨的工作作风、高度的责任感而努力工作。主政单位多次被评为先进单位，本人也多次被评为先进个人及优秀党务工作者，得到历任公司领导、搭班领导及员工的高度认可与好评。我也想把好的工作习惯、为人处事的做法带到学校。虽然说管理是相通的，但企业工作与学校工作也存在诸多不同。我也在不断地反思，努力改进工作方法，尽快转变角色，以适应学校的工作环境。从我到学校工作的第一天起，对待每一个孩子，我内心装着满满的爱，我给她们梳漂亮的小辫，给他们讲如何尊重不会讲普通话而待他们亲如妈妈、悉心照顾他们的生活老师，耐心地做每一个“学困生”的思想工作，及时与班主任沟通，共同解决问题学生的问题。

我多次给您说过，工作苦点、累点我都不怕，但最让我痛心的是心气不顺。从9月1日我向作为校长、大姐的您倾诉工作中遇到的种种问题的那一刻起，我就料定我会有今天的结局，因为我的诉说触动了某些领导，但我是本着就事论事的想法去反映问题，没有任何害人之心。开学前当我连续三天忙到深夜2:00左右，当开学前一切工作就绪的一刹那，我把自己关在学校的房间里失声痛哭，直到天亮我都难以控制自己的情绪。我不是为烦琐的工作劳累而痛哭，而是为工作管理环节中的不顺畅而痛哭，我感慨：想真心地为孩子们的住宿安全尽点心、尽点责，为什么这么难？

由于今年较上学期招生形势好，仅小学就比往年新增100多人，女子高中85人左右，七八月份放假期间我一边忙于招生工作，走访幼儿园13所，招收学生12人，仅电话费就达800元左右，一边带领11名小学部的生活老师，用她们的双手和柔弱的臂膀拆装了三层楼的床，每天我自费买西瓜给她们消暑解渴，所做这些我都无怨无悔。当我8月22日到校的那一天，在落实7月2日上报的维修项目中，只有窗帘导轨维修好，其余涉及学生住宿安全的隐患和生活需要的项目一项也没修，当时我真是万分着急。为了减少中间环节，我越级直接找杨校长，有些项目他让我直接找公司施工领导逐项落实解决。虽然我尽力了，但是直到今天，仍有个别项目没有得到彻底解决。

在住宿管理上，我没有几十年工作经验的老师做得好，可我一直在努力地工作着——总得给我些时间吧。再加上中学部生活老师相对稳定，新入职的仅2人，小学部从6月份到现在试用的多达20多人，新入职的6人，直到现在生活老师还没有稳定住。每天我从5：30起床到晚上12：00忙于各种繁杂的事务，也深知新人需要进行严格的岗位培训。尽管您多次批评小学部日常工作做得不如中学部好，我都接受批评，不断认真反思，教育生活老师要向中学部学习，可您考虑过没有，新人怎能跟训练有素的老人相提并论？总该给她们适应工作的时间吧，包括我也是新人。更何况在三四月份中学部把管理学生能力较差的2人调至小学部。我知道自己的能力有限，辜负了您对我的期望，本来周一开例会时，我还向全体生活老师讲，9月份新学期工作已基本准备就绪，十一节后，各项工作就要按照《小学住宿部新学期工作计划》开展各项工作。现在我也不必费心了，也没有这个必要了。尽管如此，我离开学校前会把已基本完善的所有资料及电子版移交，我不会像别人那样带着情绪把所有资料毁掉的。这是我做人的准则。

在生活老师进餐厅工作一事上，也许我工作方法欠妥，但是我始终与学校的决定保持一致，也在努力地做生活老师的思想工作，教育她们要有大局意识，服从学校决定。我从未与餐厅经理争吵过，而是一次次主动地与餐厅经理协调解决此事，事事身先士卒，但还是受到学校多次严厉批评。尽管如此，我照样一如既往地接受，当作鞭策，以压力变动力，耐心地一次次召开会议要求生活老师如何做。我能力确实有限，起初没有达到预期效果。本周一周例会上，又反复强调近期工作存在的问题，签订“生活老师安全工作责任书”，组织召开“生活老师培训感悟”分享会，进一步统一思想，提高认识，教育生活老师不要再给小学部抹黑，要求大家穿戴统一，满怀爱心为孩子们服务。这几天，各项工作大家做得很好。

之前，我对这所学校十分留恋；现在，仅存的留恋也被打击得荡然无存！虽然这样，在这短暂的4个月里，我也受益颇多，在这里我近距离、深层次地了解到您非凡的工作能力和先进的办学理念，结识了张校长、贾校长、李校长及许多优秀的专家骨干教师、年轻教师，从他们身上我学到了教师的美德、敬业精神，我也在孩子们一声声“庄严老师”的呼唤中获得无与伦比的快乐。孩子们那一张张灿烂无比的笑脸，对我来说是最大的安慰，每当看到自己亲手给孩子们扎起的漂亮小辫，孩子们那一张张满足的笑脸，我都会感到无比的幸福与满足！

不管怎么说，我也算当了4个月的老师，也算实现了自己的梦想。尽管以这样的结局结束，我还是要感谢华校给了我这个平台，给我留下了不同寻常乃至终生难忘的经历。我尽力了，我问心无愧！我将依然像以往一样对生活充满信心，依然以微笑面对所有人，并以我灿烂的微笑感染身边的每一个人，不断历练性格，历练坚强，笑对人生！

最后，衷心祝愿华校的明天更加美好！

华校小学宿管部：庄严

2015年9月30日

阅读庄严的长信，我想到信中提到的生活老师进餐厅分餐一事。她给我讲过，生活老师想不通。这也难怪。工作量上，小学部生活老师会和初中部的比较，因为初中部生活老师就没有此项任务。如果初中部生活老师也参与此项工作，估计小学部生活老师就不会不同意。现在她们不但不同意，还要以罢工、辞职相要挟。这个问题就有点严重了。处理这个问题，对庄严是个考验。

8. 大白若辱

生活老师，顾名思义，就是负责学生生活起居，也就是孩子们的宿舍卫生和住宿安全。庄严的职务是小学宿管部主任，原定的职责也只是小学生活老师的管理及孩子们的宿舍管理。庄严想，既然学校做出决定，作为中层管理人员，率领一干人等坚决服从是必须的，同时向学校反映生活老师的困难与情绪也是应该的。但是，庄严没有想到有些生活老师意见会那么强烈。说服她们有一个过程，肯定有难度。无论怎样，最后全部老师服从了学校的决定，统一服装，早、中、晚到餐厅给孩子们分餐。这是小学部生活老师的可敬之处。当然，庄严仍然不忘为生活老师争取权益。因为，相比初中部生活老师而言，她们确实付出了更多。争取权益，是庄严的职责，但在私立学校，私利在前，涉及成本多支，肯定不会顺当，也肯定会引起一些人的不满。

这一点，庄严是清楚的，也有担心，但她还是要向领导反映。庄严也是有准备的，她曾给生活老师讲："我们必须服从学校决定。即使我们都服从了，但是行动慢了，学校也会批评我们的。这个责任我来负，咱们好好工作就好。"但是，庄严没有想到，这也可能是她遭到辞退的原因。

我问庄严："你是怎样说服生活老师的？"

庄严答："我给她们讲，我们到餐厅给孩子们分餐，就当是给我们自己孩子盛饭，这样，我们就会很乐意很有兴趣去的。"

就这么简单。生活中有很多看似很复杂的事情，可能一句话就会说明白，就看你会说不会说。

我曾对庄严说，当一把手，要做到让下属既恨你又爱你，才是称职的一把手。恨你，是因为你敢于管理；爱你，是因为你敢于为她们说话。我想，庄严就是这样做的。

从西安出发，我们又去咸阳看了二姨。在二姨家，庄严拿出我新出版的散文集《抱朴守拙》，念其中的一篇《老姨的幸福》，刚开了头，二姨的眼泪就流了出来，念到最后，二姨还抹眼泪。然后，二姨又陪着媳妇回到彩红表姐家住了两天，表姐热情有加，媳妇心情也佳。

10 月 5 日早饭后，我们开车离开时，庄严往二姨手里塞了 500 元钱。这时，二姨的眼泪又流了出来。

路上，庄严给我说："老姨五六岁就被拐卖到山西，其间经受了多少痛苦啊！现在，每当我们去看她，她总要哭。这是对亲情的怀念，也是对亲情的感动！有了亲情，我们就会忘记痛苦。痛苦在亲情关照下，就会转化为幸福。"

"哎呀，姐心灵受到创伤后，来咸阳一游，快成哲学家了！"庄严说的话，让霞也赞叹起来。

我想，庄严受到的伤害，到此应该平复了。现在看来，那种伤害对她来说近似于人格侮辱，因为她是经过面试招录的员工，因为她很称职，有担当。

《劳动合同法》规定，一定人数地裁减人员应提前说明情况，并向劳动行政部门报告，还应当优先留下无固定期限劳动合同人员。华校与庄严等人视为订立无固定期限劳动合同，违规辞退，对辞退人员应支付两倍的半个月或一个月工资的经济补偿。华校不与他们签订书面劳动合同，还应当向他们每人每月支付两倍的工资。

企业管理出身的庄严对此很清楚。但是，她心态平复后，对此也是心如止水，不去计较了，说："事情已经过去了，说那么多咋哩！"

"如果学校又请你回去呢？"霞问。

"不回去了！已经没有当老师的兴趣了。再说，也算当过老师了。呵呵！"

"那阳阳还在学校啊！"霞又逗她。

"老师们会对她好的。虽然只在那儿三四个月，相信姐的人缘好着哩！"

9. 大方无隅

转眼国庆长假过完了，到了8号上班，我给孔校长发了短信："校长大姐回来了吗？兄弟给你接风吧？中午还是晚上，姐定。"

校长很快回复："中午吧。"

中午，我们在金鼓楼临窗卡座等来了校长，陪同校长的是她的老公，我的老朋友，我尊称其为"姐夫哥"。

"对不起弟妹了！"这是校长落座后的第一句话，可见大家风范，"但是，有件事，对弟妹是个宽慰，谈不上是喜事，上午面见了董事长，我劈头就问他弄这算是啥事，也不给姐通报一声，庄严主任那么优秀，你说辞退就辞退了？董事长也可会弄事，马上说弄错了弄错了，赶紧把庄严主任请回来，说姐请不动，董事长要亲自去请，还要请你吃饭。我给董事长又说，庄严主任没有招生任务，但暑假她主动招了12个学生，华校一年收学费16万，你一年才给她开多少钱？董事长听了笑笑，专门要我过来再请弟妹回去。"校长一番话婉转得体，语气恳切。从她和董事长的对话中也可看出，董事长对校长非常信任，也是性情中人，勇于承认过失，也有容人之量。

姐夫哥说："董事长都说到这个份上了，还是回去吧，也是帮助你大姐。"

庄严没有说话。

我说："大姐费心了，咱们不勉强她。顺她的意愿最好。"

庄严说："我不会回去的。心太累！"

校长说："是不是还记着我大会点名批评你呢？那是给你借力，你回去好开展工作，要求手下啊！"

我说："这是校长的领导艺术和领导方法。在一个单位，只有相互熟悉，才会不顾情面地批评。我们也确实需要借助领导的批评来推进工作。我在单位就经常受到领导批评，习以为常了，但我觉得领导对我是真好。"

庄严连忙摇头，但是看她脸色稍红，我知道她是被校长说中了心思。也难怪，在企业时间长了，到学校一时难以适应，也是正常。她能碰到熟识的严厉的孔校长，是她不幸中的万幸，是小福中的大福。

因为批评轻重与否都不重要，重要的是校长真心为了学校， 是真心为了你的工作，也是真心为了你好。这是宝贵的出发点和落脚点。如果一个单位，领导不要说批评你了，平时都懒得搭理你，这就说明你离“死”不远了。

“孔姐，我给你推荐一个人吧！”庄严也明白我说的理儿，她诚恳地说，“也算是建议。小学部的小马，卫校毕业，很年轻，很能干，很可靠，现在是个楼长。昨天给我打电话说，已经打报告要辞职了，找好了新工作，一天 8 小时，工资也高。建议孔姐能够留下她，最好能提她当个副主任。”

“可以考虑！”校长面色沉重地说。

“如果每周能回来几天最好，让我早晚能吃上媳妇做的饭！”我插话道。

“完全可以！”校长哈哈笑着说。

10. 大音希声

校长和董事长一样，爱才若渴。从校长的谈话中，我听出来，洪局长和董事长通过话，并告诫他在管校治校上要尊重孔校长，因为孔校长是洪局长推荐给董事长的人才。

有时候我也在想，疑人不用，用人不疑，是企业用人法则。董事长用了校长，应该放手放权放心使用，过去是，相信现在和将来也一定是。但是，校长一出国，学校怎会产生这个变故呢？

我还没有见到德董事长，也不适合问其中变故的原因。

但是，我突然想到了我看到的一篇博文中的一段话，大致意思是，古人云：与善人居，如入芝兰之室，久而不闻其香，即与之化矣；与不善人居，如入鲍鱼之肆，久而不闻其臭，亦与之化矣。为什么？所谓近朱者赤，近墨者黑，近贤者明，近愚者暗，近良者德，近偷者贼，近小人久而久之也成了一个小人。小人入室，轻者吵闹不休，鸡犬不宁，重者妻离子散，家破人亡。有这么严重吗？不信可看历史。春秋战国时，一些国家信任小人连国家都灭亡了，史书都有记载。你不主动接近小人，小人还想方设法接近你呢，跟你套近乎，给你灌迷魂汤，一旦入了彀，那可是上贼船易，下贼船难，没来由辱没祖宗。小人的能量由此可见一斑。

11. 大器晚成

我前段写了散文集《抱朴守拙》，央庄严送给孔校长一本，要求她亲手送到校长手中。上班第二天上午，庄严就抽空去行政楼见孔校长，碰巧，德董事长也在。

庄严开始没注意到董事长，敲门进去后，说："孔校长好！今天我正式上班了，给您报个到，顺便把你兄弟的书交给您，你兄弟非要我亲手送到。"

孔校长见是庄严，也很高兴，接过书后，连忙给德董事长介绍："董事长，这就是遵您的指示，我上门又请回来的庄严主任。"又转身给庄严说："这是德董事长。"

这时，德董事长站了起来，伸出了手："欢迎庄主任回来！"

董事长在场，又这么大度，庄严有点意外，连忙趋前握了手："认识您。您和我们一块吃过饭。孔校长也专门向您介绍过我。"

"哈哈，记性不好，还请庄主任见谅！"

"哪里敢呢！您董事长老忙！"

双方寒暄着，相互已不拘谨。孔校长说：“看庄主任还有什么向董事长汇报的没有？”并示意庄严坐下。

德董事长也鼓励道：“你写给校长的信，校长也给我看了，你对华校的付出和关爱，我表示感谢，我也对我的仓促决策给你造成的不愉快，表示歉意！”董事长语气诚恳，不失风度，“你看，华校还有什么问题需要我和校长解决，你尽管说！”

这时候的庄严有点受宠若惊，没想到董事长工作雷厉风行，待人却如此平易近人。

“董事长，可不敢这样说。民办学校和公立学校是不一样，您的减员增效也不是没有道理。”

“哦，请庄主任先说说哪点不一样。”

庄严看了校长一眼，校长也在鼓励她。

“表面上看有四个不同：1. 民办学校管理很严格；2. 民办学校很专制；3. 民办学校节奏很紧张；4. 民办学校生源很复杂。这严格与校长工作作风分不开；专制与您董事长利益分不开；节奏与华校的考评分不开；生源与公立学校的竞争分不开。”庄严侃侃而谈。

董事长和校长都饶有兴趣地听着。

“从实质上看，民办学校与公立学校也有四点区别： 1. 体制。私立学校董事会决策，重点考虑招生。没有招生，就没有利润。但绝不放松管理，管理不好，就会影响学校形象，也影响招生。也不能说不重视质量，学生考试不及格或成绩太差，也影响社会声誉，影响招生。2. 利润。这是核心。私立学校的办学目的是学校商业化。否则，他们不会在教育上投资。在课程设置、设备采购、设施使用等方面，无不考虑经济效益。当然也要考虑社会效益。3. 管理。私立学校管理相对比公立学校严，他们怕出事，怕社会影响，因而多数用高中办法管学生。4.师资。私立学校师资有个特点。老的是退休教师，有名望，心有余，力不足；少的，大学刚毕业，有热情，没经验，也没有长期打算，因而注重形式、注重分数，不重视基础的培养、智力的开发和科研能力的提升，教学模式也是高中化。而且有的私立学校，教学上以聘任为主，专任教师比例不足 50%，那就可能影响教学质量。”

董事长、校长听了庄严的话，对视了一眼，笑了笑。董事长又问："那减员增效的道理在哪里呢？"

“董事长恕我说话直白。您最想听的是这个问题。其实，也就是两个字，私立学校的‘私’字，再加上一个‘利’字。减员增效的直接收益，是降低了成本。但是，从您大笔一挥辞退的 8 个人当中，我看到一个共同点，都是行政或管理人员，而教师您一个也没有辞退。我想，这是孔校长基本认可董事长的原因。我想，如果您辞退的是她聘任的老师，第一个炒您鱿鱼的，就是孔校长。那时候，您的损失也就大了！”

“哈哈哈！你分析得很对！”

“但是，您辞退我们这些人时，也一定会想到，孔校长请这些人来，肯定是他们在治校管校上都有过人之处。也就是说，存量多余，增量急需！”

董事长肯定能听懂，因为他听后若有所思地点了点头，可能思虑不谋而合。

“至于我还有没有要解决的问题，应该说经历这场风波后，人浮于事的情况会越来越少了，而且，孔校长在大会上也说了，会为宿管部撑腰，会做宿管部的坚强后盾的。因为，为学生服务，学生的安全是首位，这也是家长最为关注的。”

董事长赞许地点了点头。

“但是，生活老师一是难招，招来待不了几天又走的，太多；二是工作量太大，一天24小时工作，收入还达不到最低工资标准。当然，以后华校效益好了，相信董事长会进一步考虑的。”估计庄严担心董事长会不高兴吧，话题到此戛然而止。

“是这样，董事长，今天我给您汇报的有点多，都是瞎说。我这会儿那边还要给生活老师开个会，我先走了啊！”

庄严说完，又主动和董事长握了手，给校长点了点头，转身走出校长办公室。本来都是站着说话，庄严一走，董事长和校长就接着谈刚才他们的话题了。

12. 大象无形

董事长经常定期不定期地到学校巡视检查。这不，校长因私请假出国了，自己更得经常去学校转转看看。

董事长在初中部巡视一番，看到老师们上课认真、孩子们听讲专心，很高兴；在小学部，看到孩子们读书投入，老师们尽心尽责，很欣慰。到宿管部，看到宿舍干净整洁，生活老师忠于职守，很满意。想到自己投资数亿资金建立的华校，在孔校长打理下，在校生从少到多，学校规模从小到大，管理井井有条、井然有序，整体欣欣向荣、蒸蒸日上，心情很舒畅。想到孔校长治校有方，心中在感谢孔校长的同时，饮水思源，也佩服洪局长慧眼识人。

董事长看着想着，信马由缰，从食堂又转回到办公楼，碰到了员工甲，随口问道：“这几天孔校长不在家，有什么情况没有？”

“董事长好！情况照常！”

“那就好！有事多向孔校长报告！”

“放心！只是……有些情况给校长报告，估计也不好解决！”

“什么情况？”

甲欲言又止。

“说吧！没关系！”

“学校规模是愈来愈大了，学生也急剧增多，但是并不意味着管理层也要随之增加。”

“具体点。”

“您看，上学期学校又从外地聘请来一个校长，又从别的学校挖来两个后勤管理人员，还从一拖请来一个中层，不否认这几个人很能干，但是，学校陡然增加了管理成本。这些事情，校长不好解决吧？”

“哦。”其中有句话，触动了董事长，“增加了成本？你能不能再具体点？”

“呵呵，具体点就不是我们考虑的了。你看，乙过来了，他可能会给您一些建议。”员工甲说完向董事长行了个礼，转身进了办公室。

这时员工乙看见董事长，连忙跑了过来，大老远叫道：“董事长来了！办公室坐会儿吧？”

“不用了。你陪我到操场走走。”

本来晴朗的天空，这会儿有些风了，树梢晃动，天上也飘过几片云来；干净整洁的操场，这时也看着斑驳陆离。董事长看着远处，问乙：“上学期孔校长又进了几个人到管理层，你怎么看？”

“孔校长这么做，也是为学校着想，毕竟学校规模较以前大多了，下学期会更大。”

“哦。这确实得感谢孔校长。没有孔校长，我们华校的发展不会这么好。”

“董事长说得很对。但是，规模大并不意味着管理层要增加人手。”

“那你的意思……孔校长又聘请来的人是多余的了？”

“不是这个意思。应该考虑减员增效。”

“那你的意思是……比如新招来的校长听说是外地一所名校的正校长，我想肯定很能干，要不孔校长不会从那么远的地方招来，这也从另一方面说明了我们现在的管理层有她不满意的地方。”

“我想，校长也是这种考虑。”

“那既然这样，我劝校长把你辞退，留他续用，也算精兵简政，你看如何啊？”

“这……”

“哈哈哈……”董事长大笑而去。

董事长明白，减也是为了增，减几个，对现在的人员也是个无形的压力。这种减，孔校长可能为难，这种为难的事，就让我来做吧。想到这里，董事长直接通知校办，以“减员增效”的名义，把新招来的人一律辞退。

一刀切有时是不错的办法。

不过，此次决断，董事长有些思虑不周。校长如同董事长聘的总经理，是企业的首席执行官。按公司法，董事长行使的职权有召集股东会会议，执行股东会的决议，决定公司的经营计划和投资方案，制订公司的年度财务预算方案、决算方案，制订公司的利润分配方案和弥补亏损方案，制订公司增加或者减少注册资本以及发行公司债券的方案，制订公司合并、分立、解散或者变更公司形式的方案，决定公司内部管理机构的设置，决定聘任或者解聘公司经理及其报酬事项，并根据经理的提名决定聘任或者解聘公司副经理、财务负责人及其报酬事项，制定公司的基本管理制度，等等。总经理的职权有主持公司的生产经营管理工作，组织实施公司年度经营计划和投资方案，拟订公司内部管理机构设置方案，拟订公司的基本管理制度，制定公司的具体规章，提请聘任或者解聘公司副经理、财务负责人，决定聘任或者解聘除应由董事会决定聘任或者解聘以外的管理人员。当然公司章程对经理职权另有规定的，从其规定。

董事长和总经理的关系，有人总结得比较到位：董事长是帆，总经理是船；董事长把握战略方向，总经理带领员工执行；董事长扮演红脸，总经理就扮演黑脸；董事长用激励来统一愿景目标凝聚人心，总经理用专业技能管理团队；董事长思考未来，总经理把握现在；董事长注重外围关系的建立与维护，总经理关注团队的建设与激励；董事长做好接班人的发现与引进，总经理做好接班人的培训与选拔；董事长仰望天空（梦想要远大），总经理脚踏实地；董事长做好领导，总经理做好管理。董事长和总经理看似不一样其实是一个共同体，相互推动，相互成就，相互成全，都是修身、齐家、治企、爱天下。

应该说，德董事长与孔校长关系融洽，工作高效，华校的发展证明了这一点。相信以后会更好。

13. 道隐无名

今天，我看到一篇微信文章，发给了孔校长。

微信文章说，校长作为一个学校的灵魂（陶行知语），要树立以下几种意识：

公平意识。校长是学校的领导者，对学校工作负有重大责任。首先，校长要树立教育公平的思想意识与教育观念。其次，要及时了解和掌握教育动态。特别是自己学校教育教学过程中的公平问题，把教育公平作为学校管理的重要组成部分。要树立公平行为，公平对待不同性别、民族、家庭经济状况或背景的孩子，不放弃每一个孩子成功的机会；让所有的师生在公平、宽松、和谐的环境中完成教学目标。在现实生活中，人们往往用一把“尺子”量不同的学生，而忽视了学生的个体差异，这种看似公平的东西，在实际上恰恰是不公平的。

德行意识。校长的关键角色和中心地位，理所当然地要求校长应有德行。因为，只有品行高尚的校长，才能真正起到凝聚人心、引领方向的灵魂作用。“道德是做人的根本。根本一坏，纵然使你有一些学问和本领，也无甚用处。否则，没有道德的人，学问和本领愈大，就能为非作恶愈大。”校长既要讲公德，又要讲私德。公德是服务社会、国家的根本，“我们在每一个行动上，都要问一问是否妨碍了公德，是否有助于公德。妨碍公德的，没有做的即下定决心不做，已经开始做的，立刻停止不做。若是有助于公德的，大家齐心全力来助他成功”。而私德乃个人的立身之本，也是公德的根本，那些不讲究私德的人，通常也是妨碍公德的人。陶行知是一位品行高尚的教育领导者，他爱教乐业、以身作则、言传身教、为人师表。他以教人者必先教己为准则，一生严于律己，诚以待人，反对损公肥私、损人利己，为当今校长树立了典范。

使命意识。使命感是校长工作的内在动力。校长没有使命感就会迷失工作的方向和意义，没有责任心就会漠视工作的质量，没有同情心就会泯灭工作的热情。1924年，陶行知在一首《自勉并勉同志》的诗中表达了他对使命感的理解和重视："人生天地间，各自有禀赋；为一大事来，做一大事去。"陶行知认为，这件大事即是改造社会、改造环境。"我们研究学问，非只为增加一点个人的幸福，目的总是要改造社会。""学问之道无他，改造环境而已。不能把坏的环境变好，好的环境变得更好，即读百万卷书有何益处？"一个真正有使命感的校长，一个真正一流的教育家，一定是"敢探未发明的新理"和"敢入未开化的边疆"的人。

责任意识。陶行知同样坚持校长要有强烈的责任心。他认为，责任心并不是空洞的，校长和教职员工的责任心可在具体繁杂的日常工作中体现出来，他说："第一点最要紧的，是要'站岗位'。各人所负的责任不同，各人有各人的岗位，各人应该站在各自的岗位上，固守自己的岗位，在本岗位上努力，把本岗位的职务做得好，这是尽责任的第一步。""第二点最要紧的，是要'敏捷正确'。"做事需要熟练、精细和讲究效率。"第三点最要紧的，是要'做好为止'。有些人做事，有起头无煞尾，做东丢西……不是一事无成，就是半途而废。我们做事要按照计划，依限完成，就必须毅力坚持，一直到做好为止。"

学习意识。社会的发展寄托于教育，教育的发展关键看学校，学校看校长。校长要善于学习，有独特的办学理念，学校才有生机和活力。要当好一名校长，首先必须勤于学习，学习是进步的先导，不学习是落后的象征。作为一名合格的校长，要认真学习党的大政方针和相关的教育法规，做刻苦学习的典范，才能做到工作有思路、有创新。

服务意识。一名好的校长首先必须要有良好的服务意识，当好师生的公仆，站起来能当伞，俯下去能做牛，耐得住清贫，忍得住寂寞，守得住学校，正确处理好班子间的工作、生活关系。当好主管而不主观，处事果断而不武断，充分听取大家的意见和建议，做到互相支持不拆台，做到思想同心，事业同干，做到层层分工，层层把关，层层负责。从各方面关心好每位同事，建立好友谊。

管理意识。狠抓教育质量是校长的核心工作，质量是学校的生命线，是学校的立足之本，是师生的荣誉。一所学校质量的高低，是否具有竞争力，关键看这所学校校长的管理能力。要全面提高教育教学质量，就必须提高校长的管理水平。校长必须牢记“以质量求生存，向管理要质量”的管理意识。

创新意识。校长要不断更新教育观念，树立大教育观、现代课程观、人才观、价值观，树立现代教学观、学生观。以科研为先导，把理论与实践结合起来，倡导教师改革创新出效益，教师必须不断认真学习、领会。作为校长必须立足实际，不怕困难，勇往直前，以“质量立校”，以“教研强校”，在自己实践探索的基础上，汲取名校长的理论指导，形成自己的特色，构筑自己的品牌，才能使学校得到社会的广泛认可，为学校的发展赢得一片广阔的空间，从而带动学校整体水平有较大的提高，真正把学校办成“让学生成才，让家长放心，让社会满意”的学校。

因此，“校长之于学校，犹如灵魂之于躯体”（顾明达语）。从一定意义上说，对学校，有一个好校长就有一所好学校；对学生，有一个好校长就有许多好老师；对国家，有一个好校长就有一批好学生！

我听过孔校长的讲座，结合她治校的情况，这几种意识，孔校长身上兼备。我觉得除此以外，她身上还有一种激情在。这是我最看重一个人的宝贵品质。

14. 夫唯道，善贷且成

今晨，翻阅《人民日报》时，又看到一篇文章，标题是《用激情点燃“心灵的青春”》，我在阅读时，仿佛看到孔校长正在给华校全体教职工讲话，依然激情澎湃，催人奋进：

“激情、热情是人强烈追求自己的对象的本质力量。”思想家的论断也许有几分玄奥，但相信无人否认，激情乃是人生前行的风帆。试想，获得2015年诺贝尔生理学或医学奖的药学家屠呦呦，如果没有对工作的激情，岂能在艰苦环境中，带领研究团队成功提取青蒿素；北京中关村那一张张青春脸庞，如果丧失对创业的激情，又怎可能扎根咖啡店，日复一日地探寻梦想的生长点。

没有激情，难干事，更难成事。激情，无疑是让人保持状态的神奇力量。三联书店原总编辑李昕在《做书》一书中，讲述了同事高贤均的故事。高贤均前往成都出差，顺道去西安拜访作家陈忠实，拿到了小说《白鹿原》的手稿。他利用坐火车和开会间隙苦读，没等返回就已将数十万字读完。回京后他第一时间写信反馈，结果从拿稿子到让作者收信，只用了十天时间，令人称奇。在没有电子邮件、快递的年代，正是这份对编辑事业的激情，促使他完成了看似不可能完成的任务。

激情，源自真诚的热爱，体现着"做更好的自己"。一个人缺乏激情，不仅是进取心不足的表现，也可能因此变得无趣，暮气沉沉。现实中，一些人鬓角尚未被岁月染白，内心却早已被时光打磨得冰冷如铁。习惯了循规蹈矩的日程安排或工作方式，对变革与创新嗤之以鼻；沉浸在自己熟悉的小天地里，看穿一切似乎也看淡一切……很难有什么东西能让他们感到激动、兴奋，"差不多就行""意思意思得了"是其万能金句，"麻木不仁""听之任之"成为他们的专属形容词。

激情，也孕育着希望。美国作家欧·亨利在《最后一片叶子》中写道，罹患肺炎的病人生命垂危，她卧看窗外一株萧萧落叶的常春藤，渐渐失去了生的信念，暗示自己："等到最后一片叶子掉下来，我也就该去了。"一位老画家得知后，画了一片仿真藤叶悄悄挂在窗外。靠着这"最后一片叶子"带来的生机，病人竟奇迹般存活了下来。尽管情节源于小说，生活中未必有真实素材与之对应，但这则小故事启示人们：希望是奇迹的催化剂。一个人如果在心中埋有激情的种子，就如同为生命准备了一片蕴藏希望的藤叶，说不定何时就会拓展“可能性”的边界。

习近平总书记说，激情是一种可贵的工作状态和工作品质，往往能最大限度地发挥创造潜能。置身全面深化改革的历史洪流，无论是纵身涉险滩、啃硬骨头，还是在大众创业、万众创新的热潮中找到自己的闪光点，激情都堪称一把化腐朽为神奇的金钥匙。对于行进中的“中国号”巨轮而言，新的五年意味着新的出发，缺少激情作燃料便有搁浅的风险；对于渴望成就梦想的个体而言，激情的一端系着拼搏，另一端则连着幸福。

“激情由最初的意识形成，它是心灵的青春”。在价值日益多元的时代，当物欲的车轮一再碾压卑微的情感，诗人的这句名言，依然值得我们华校全体老师认真品味。

……

是啊，这种激情在庄严身上何尝不在燃烧呢？！

写到这里，我突然又想到了华校小学张校长诗集《风过桃林》中的一首诗《蝴蝶》。

诗说：

一只蝴蝶
在我眼前飞
阳光干净
风和翅膀
谁扇动谁

阳光说　真美

我也说

真美

不要以为蝴蝶领情

翅尖在空中

划过一道好看的弧线

飞远了

头也不回

附：《道德经》第四十一章

原文：

上士闻道，勤而行之；中士闻道，若存若亡；下士闻道，大笑之。不笑不足以为道。故建言有之：明道若昧，进道若退，夷道若颣，上德若谷，广德若不足，建德若偷，质真若渝。大白若辱，大方无隅，大器晚成，大音希声，大象无形，道隐无名。夫唯道，善贷且成。

义解：

上士听了传道言谈，勤勉行证；中士听了传道言谈，似有所动，但终无所得；下士听了传道言谈，大加嘲笑——觉得除非作为笑料，简直不值一提！因此古语说：光明的道好像暗昧，前进的道好像后退，平坦的道好像崎岖，高尚的德好像低谷，广大的德好像不足，刚健的德好像疲弱，质朴而纯真好像混沌未开。洁白好像污黑，最方正的东西反而没有棱角，贵重的东西迟迟才能完成，最高的乐声听不到，最大的形象看不见，道盛大而没有名称。只有道，才能使万物善始善终。

简析：

看山是山，看山不是山，看山还是山。

2015年11月4日草就

第二辑

玉·言

文章贵在诚恳，其他何足一谈。仿佛孩童行事，处之皆从自然。

洛阳亲友如相问

——读《玉色瑗姿》有感

左 建

老洛阳习惯把黄河北岸的河南人叫“河北人”。作为“河北人”，我总觉得黄河两岸的民风稍有不同。从历史上看，豫北地区只有安阳做过殷商的都城，而洛阳大地是天下之中，夏、商、周三代之英活跃于此。作为十三朝古都，洛阳长期是古代中国政治中心，文化积淀深厚。从地理上讲，豫北有太行山，太行山是石头山，物产并不丰饶。洛阳有邙山，沿着黄河南岸绵延至郑州花园口，是自古以来公认的风水宝山。不同的历史和地理产生不同的人。太行苦寒，产生了豫北的“愚公”，其性格特点是坚韧，这里的人能手拿铁锤、钢钎在悬崖峭壁上挖水渠、凿公路。洛阳出什么人呢？有什么特点呢？我不是洛阳人，了解不多，不敢妄下结论。不过，丹尼斯老总、洛阳人王任生给出了答案。他在台湾奋斗几十年，已经是世界圣诞灯大王，仍旧乡音不改。他在一次演讲中说，是河南人敦实的性格造就了他的成功。敦厚实在，这正是我对洛阳人的印象。近日读了洛阳本地人贾兄的小说《玉色瑗姿》，这个感受越发强烈。

小说讲的是抗日战争时期，在洛阳偃师牙庄村一带，围绕寻找商汤祭祀天地的六件古玉，中日双方进行激烈角逐的故事。1937 年，抗战军兴，偃师人贾勋、王仲、段寅三人结拜为兄弟，到黄河北参加抗日，失利后返回河南。1944 年 5 月，洛阳市、偃师县相继落入日军之手。王仲、段寅继续率兵抗日，贾勋则接受驻偃师日军头目梅协的条件，做了皇协军司令。梅协还有一项秘而不宣的任务，即寻找汤王古玉，为此他的妹妹梅子也参与进来。故事就从梅子来到偃师展开，环环相扣，精彩纷呈。在抗日神剧充斥银屏的今天，这本书显得很独特。同样是抗日题材，同样有英雄叱咤，有爱恨情仇，有生死抉择，有正邪搏杀，但此书内容实在，语言实在。

首先让我震撼的是内容的真实性。我没想到的是，小说开篇不久就提到了豫北抗日名将郭兴！郭兴是河南辉县人，在抗战中赫赫有名，是双枪李向阳的原型，也是其所在城市的骄傲。我认识一个在新疆军区长大的人，他从小就认识郭兴司令员，所以我听闻了一些关于郭兴的事迹。没想到小说中提到了他，而且关于郭兴的内容和我知道的完全一致。据说，郭兴将军还和作者通过电话。这一下子引起了我的兴趣，也令我对这本书产生敬意。我意识到这不是一部奇思妙想的书，更不是一部才子佳人的书，而是一部近乎写实的战争史。果不其然，小说中的人物大多有原型，而且不少是作者的本家亲戚，有的还健在。比如结义抗日三兄弟贾勋、段寅、王仲，《偃师县志》对他们的事迹都有记载。其中，贾勋的原型贾世勋就是作者的本家伯。日军头目梅协确有其人，名字都没变。文中的日本女人梅子也有其人，本名山侠荣子，她和中国人结婚的事情也是真实的，战后她在赵沟村当了日语老师，1978 年才回日本。至于那个飞侠杨春，我相信也是真实的。因为我的导师曾经告诉我他老家浙江武义的飞毛腿故事，说那个人跑起来辫子都是直的。可见，水泊梁山的神行太保、邙岭的杨春在生活中都不乏其人。看来，作者是把自己幼年所见所闻的真人真事进行艺术加工写到了小说里！因为是写实，里面有时候还会介绍一下某个人物后代的近况，读来亲切，甚至想什么时候也去洛阳拜访一下。因为真实，这部小说耐读，真感情才有好文章，此之谓也！

小说的布局谋篇相当巧妙。开篇就紧紧抓住读者的心，但深入读下去，又会发现好像作者的目的并非像武侠小说的路数一样只顾讲故事，而是遇到文化方面的内容一定会讲透，但凡佛教、婚嫁、玉器、商王、祭祀……无不细致地描绘清楚，而且非常自然，不仅让人觉察不到生硬，甚至还希望其多写点儿，这让本来就对文史感兴趣的我大呼过瘾。读着读着我发现，这是一部小说，更是一部偃师文化史。读这本书，有点像听《百家讲坛》，就好像看到一位文化史教授，或者说一位老大哥，用纯正的中原正韵给观众们讲述当年发生在邙岭的事情，讲解当地的风俗习惯。又有点像节日里家族聚餐，席间长辈细说革命家史，突然一个后生问："什么是'六器'啊？"长辈停下来把璧、琮、圭、璋、琥、璜等六种玉器一一解释，然后接着讲烽火岁月。既然是长者讲课，就不能像金圣叹读《水浒传》一样存着心去总结里面的"草蛇灰线"，也不必像红学家读《红楼梦》一样分析书中细腻的人物心理，因为作者行文详尽，把人物的性格特点、心理活动，连面相如何都交代清楚了。读者只要老老实实跟着作者的思路走，感受字里行间踏踏实实的文气就行了。我感觉，不妨换个角度，把这部小说当作一个严肃的社会学著作来读。印象中有位旅法学者写过一部关于农村的名著，就是从社会学的角度把他家乡村庄的各种现状和问题进行分析、阐释。《玉色瑷姿》也是一部类似的著作，只不过时间、地点放到了抗战时期的邙岭一带。此书把当时百姓的生活状态、内心世界真实地记录了下来，弥足珍贵。顺带提一句，本书的资料性很强，适合学者研读。比如武汤陵的地址，作者引用了乾隆《偃师县志》及《括地志》《大明一统志》三本书的记载，还有《洛阳日报》关于考古发掘商都西亳城的报道，论证今天偃师山化镇蔺窑村的汤王陵就是成汤埋葬地。还有，日军头目梅协的死亡历来众说纷纭，没有定论。作者没有采纳任何一种说法，而是把 6 种记录都罗列出来，连出处都交代得一清二楚。我不禁感叹，这些章节都是学术论文的写法啊。以后谁要研究偃师抗战史必须研究梅协，因为他是当地日军最高长官，而要研究梅协之死，就绕不开这本书，因为资料都搜集在这里了。不仅如此，书中但凡涉及古代制度、考古遗址的描写都援引了相关学术著作、考古发掘报告等资料，显示出河大文科生的深厚功底。引用的资料有很多，此不赘述。

最后，我想说一说关于历史人物的评价问题。战争中很多人面对危局做了不同的选择，自然得到的褒贬也不同。像前文提到的郭兴将军，誉满华夏，永远受人敬仰；而在河南长垣为非作歹的毛二更（见《长垣县志》，中州古籍出版社 1991 年版），当地上年纪的人对他没一句好话。而有的人经历很复杂，是矛盾统一体，仅看县志，不一定能全面了解其为人。小说中提到的贾勋，原型是贾世勋，在《偃师县志》中并不光鲜，换言之，背负骂名。然而，作者询问了很多当地人，没有说贾世勋坏的，都说他是“打老日的”，而且还保了一方平安。在豫北，抗战期间社会大乱，不光日本人横行杀掠，很多地方还流行绑架勒索，我一个姨父的父亲就被老抬（绑匪）劫走后撕票了。我也听母亲说过村里谁家曾绑来一个外地人关在某处。而贾世勋所在的地方，因为他的存在，竟然没有出现这种乱象，甚至有的人连日本兵都没见过。时局复杂，一个和皮定均司令、郭兴将军私交甚笃的人有太多秘密隐藏在历史的长河中。退一步讲，就像当时的将领庞炳勋，他曾经血战台儿庄，立下战功，但后期却投降当了伪军，我们不能因为他后期的变节就抹杀他前期的功劳。所以说，历史人物往往有多面性，只通过县志的寥寥数笔很难全面了解一个人。不如通过看这本书，在脑海中更全面地还原那些个生于偃师长于偃师的有血有肉的真实人物。

读完《玉色瑗姿》，我产生了到故事发生地走一走、看一看的愿望。我想先去洛阳博物馆看看汤王祭祀的六件玉器，然后去偃师拜祭成汤的陵墓。偃师是三亳之一，是成汤开创商朝基业的地方，比周公选址建洛阳还要早，那里是华夏文明的重要发祥地。我也想去邙岭转转，走走胡同路，看看三兄弟结拜的古圣寺，去牙庄看水沟，钻窑洞，听听偃师方言，追思革命先烈，感受敦厚实在的民风。

开拓复杂人性的耀眼亮光

——读贾海修先生的长篇小说《玉色瑗姿》

赵海宇

很早就听说偃师有人在写以抗日战争为背景的“东西”，心里就有了拜访的欲望。当我在这个蛇年的冬天，通过朋友介绍见到这个写偃师抗日战争的作家贾海修先生的时候，眼前为之一亮。

海修先生比我小几岁，他中等个头，头发不长，眼睛不是很大，不时地透露出机警敏锐的光芒。他与人说话的时候，总是带着洛阳人标准的现代形象，头部稍歪半扬，眼睛似睁未睁，快速地打量和判断来人的意图，不露声色地盘算着如何应对处理眼前的事务。在巧妙地验证了我的身份后，海修先生送我了一本自己新近创作的长篇小说《玉色瑗姿》，还向我介绍起创作这部长篇小说的过程。海修先生说自己的长篇小说《玉色瑗姿》是以伯父贾世勋的复杂经历和偃师牙庄村在抗日战争时期发生的往事和真人为原型写作的。他特别告诉我他的伯父贾世勋名声不好，是个汉奸，我原先认为贾海修先生这个人“家私（做事有能耐）着呢”的初步判断，现在又增加了“这个男人不寻常”的印象。

我是个传统观念很强的人，当初听到他的这些说法，感觉心都提到了嗓子眼儿。一般人认为历史上已经定论了的人物，正面人物可以信马由缰地放手去写，而对一些另类的人物是不敢轻易去触碰的。海修先生还向我介绍了他伯父的一些具体情况，并且一再声明自己无意去推翻那些历史已经定论的东西，而是要对历史的真实做一些补充和回顾，力争让现代人多角度、多层次、多方面，更全面、更深刻、更恰如其分地在看待老辈人面对民族矛盾、国家利益、人民生命与财产、功利舍取等重大问题上有所发现、有所进步。更让人难忘的是海修先生的那句“日本人在占领牙庄期间，一直是秋毫无犯”的话，让我感到震惊。于是在惶恐不安和矛盾交加中，我谢别了海修先生。

最近，在和洛阳著名影视剧导演李宝琪先生交流对贾海修先生长篇小说《玉色瑗姿》看法的时候，李宝琪先生的一段话深深地印在我的脑海里：“贾海修先生的长篇小说《玉色瑗姿》是一部很不错的文学作品。它的艺术水平在洛阳市绝对是第一流的，在河南也应该是第一流的。在全国也应该是不错的。”先生的话让学生三思四想，深深回味。

人的思想和认识总是在不断地发展和变化。这种发展和变化来自对作品的研读和消化。读罢贾海修先生的长篇小说《玉色瑗姿》，掩卷沉思，该书在区域地理风貌文化、儒家思想、佛教文化、道家文化、婚丧嫁娶风俗、玉石文化、历史典故和偃师地方土话等方面的熟练运用，使得该书如同其书名一样，耀眼亮丽、温润如碧之外，还在开拓人的本性方面（尤其是复杂人性方面）做出了努力，使人性的真善美和假丑恶、人性的贪婪和疯狂、人性的阴险与坦荡、人性在恶劣环境中的扭曲与抗争、人性美的延绵与希望等，都在书中依据不同的人物和环境，做出了艰难的开拓和挖掘。这些开拓与挖掘，如同作家在漫天厚重如铅的雾霾里奋力寻找的那一点点阳光和一丝丝清风；如同在狂风暴雨中，撕开人物隐藏极密的内心，让暴风雨冲洗净化；如同一个精明的雕刻师用落后、笨重的钢钎在坚如磐石的毛坯上顽强击打出一朵朵耀眼的火花。这些开拓与挖掘的结果，总是让人掩卷深思，闭目回味，仰天长叹。

贾勋，是作家致力刻画和精心雕琢的核心人物。他的原型就是作家自己的伯父，是一个历史已经定论的人，按照文学创作的清规戒律来说，是属于另类人物的。但是，作家就是敏锐地抓住贾勋这个历史已经定论、百姓议论纷纷的人物，结合自己的所见所闻，大胆地运用长篇小说创作的特点，深入地挖掘贾勋内心世界的矛盾，特别是把这种矛盾放在抗日战争这个关乎民族存亡的生死关头，就具备了恩格斯所讲“在典型环境中塑造典型人物”的创作要素。在贾勋这个独霸一方的地头蛇和汉奸身上，各种矛盾交相冲突，各种利益激烈碰撞，各种交锋层出不穷。贾勋与梅协的交锋，是民族矛盾冲突的具体反映，尽管他有时候也会慷慨激昂，激烈反抗，但他性格里懦弱的一面和身处的环境只能使他屡战屡败，甚至是表面上的失败掩饰了实际上的胜利。这种胜利换取了日本人对牙庄村的“秋毫无犯”。从他开始出任日伪皇协军团长和司令到他最后在内心矛盾激烈冲突中开枪自杀，都展示了贾勋这个复杂人物的复杂人性，集中地揭示了抗日战争时期一部分中国人忍让、委曲求全、曲线救国、杀身成仁的人性中懦弱的一面。贾勋的这种本性表现给人最不能理解的是他的死，既让人扼腕叹息，又让人百思不得其解。按照正常逻辑来讲，死对头梅协已经死去，他结义的段、王二人也已作古，抗日战争局势已经发生了重大变化，他应该去迎接抗日战争的胜利。然而，他却在黎明前开枪自杀。这就给人留下了一团团理不清的乱麻。这个人到底怎么了？其实，他的结局是他人性具体展现的应有结果，也是人性受恶劣环境挤压和扭曲的结果。

在人性表演的大舞台上，梅子和梅协是一对亲兄妹，生活在一样环境里，人的本性却有了天壤之别。日本发动的侵略战争彻底扭转和改变了梅协的人性，使他成为侵略战争的工具。他和贾勋的交往，虽然是以日军司令官的身份，实际是两个民族、两种世界观、两种价值观的碰撞和搏斗。这种碰撞和搏斗集中反映在《玉色瑗姿》书中第 22 章“拜祭武汤”、第 23 章“熠熠生辉”、第 24 章“汤陵秋风”、第 37 章“血染和服”、第 49 章“气急败坏”、第 51 章“梅协吊唁”和第 53 章“魂飞魄散”等篇章里。在梅协扭曲的人性里，充满了凶狠残酷、贪婪狡黠、虚伪疯狂。表现出民族之间不可调解的矛盾冲突和人性中真善美与假丑恶的生死较量。

人性是什么？人性就是人的基本属性和基本性能的综合反映体，是人类社会精神学、政治经济学、社会伦理学等学科研究的对象，原本是纯朴无瑕和毫无印记的一块碧玉。这块碧玉随着社会的进化而变化，进而就有了真善美和假丑恶之说，进而也就有了由它支撑的世界观、价值观之说。人性中的真善美与假丑恶之较量，可以在一个人身上体现，也可以通过一个国家、一个地域、一件重大事项体现和反映。正义战争与非正义战争反映的是参战国家的整体人性，一件重大事项反映的是参加重大事项的群体和个体的人性。同时，人性中的真善美与假丑恶之较量，可以是无国界、无地域的较量，也可以是无性别、无年龄、无时间长短的较量。但是这种较量都是围绕一个利益和追求（如金钱、权力等），达到一个占有目的。这样的人性展现都在贾海修先生的长篇小说《玉色瑗姿》里被揭示得有声有色、绘声绘影，令人回味再三。像梅子、海严、杨春、赵玲和谭山等一大批普通人物身上，流淌着真善美的血液，他们与以梅协为首的日本侵略者围绕“国之六器”的搜寻保护与争夺产生了生与死、血与火的较量。对书中人物人性的开拓与刻画，起到了文学艺术的特有功能，发挥了文学艺术作品教育和净化人的灵魂的作用，体现了文学作品的正能量。

我是一个在外30多年挚爱家乡的偃师游子，十分关注家乡的发展变化，尤其关注家乡文化事业和文学创作的变化。在阅读了家乡人戏迷老黑老大姐的长篇小说《风雨人生》、挥笔畅想老先生的长篇小说《人生苍茫》、庄学先生的长篇小说《同宗》等大作后，又有幸捧读了贾海修先生的这部长篇小说《玉色瑗姿》，确实是一件值得庆贺的大好事。由此，我更加相信，偃师是个英雄辈出的地方。有早些时著名的大作家吉学沛等先生、大书法家张海等先生，到现在的挥笔畅想先生、庄学先生、戏迷老黑女士、贾海修先生等一大批文人作家构成了一条闪光链条，为偃师的精神文明建设做出了重大贡献。

读偃师传奇故事　忆战争乡土情怀

——读长篇小说《玉色瑗姿》有感

陈　伟

现代社会，经济迅猛发展，物质生活充裕，精神文化生活丰富多彩，生活确实越过越好，但生活节奏也着实越来越快。纵然我们能够偶尔提醒自己不能忘记过去，应时刻缅怀历史，但多是停留在言语间，未能驻足留步，回头望一望，用心顿悟，所以收获亦颇少。

读罢《玉色瑗姿》这本书，我感慨良久，这不仅是一个令人热血沸腾的传奇故事，也是一本让人能够停住脚步回头张望、深思感慨的小说。

这本书以真实历史人物为原型，据实引例，以广袤的邙山地区为背景，讲述了在抗战末期，偃师人民与日本侵略者斗智斗勇，保护“生死珏”的故事。书中故事情节跌宕起伏，环环相扣，紧抓人心。人物形象鲜明，以“土匪”“汉奸”“日本女人”和“和尚”等为人物主线，和以往抗战小说人物形象的忠奸分明有所不同，但也正是如此，才更加真实、更加人性地反映了抗战时期人们的爱恨情仇。

随着故事深入，你会感慨忠孝难两全的贾勋迫于现实，亦正亦邪，最终成就传奇；感慨敢爱敢恨、善良纯朴的梅子不畏世俗，最终和海严修成正果；感慨诡计多端的梅协自认高明，最终自食苦果，命丧黄泉；还有精明伶俐、身手矫健的杨春，猥琐狡诈、狼狈不堪的木村，大义凛然、英勇绝伦的段寅与王仲等众多个性迥异、形象鲜活的人物。故事主线围绕玉石之争展开，表现了偃师人民面对日本侵略者同仇敌忾、不畏强敌的英勇精神，展现了河南人民面对侵略者的气节与智慧。贾勋虽表面屈服于日本人，却未忘本心；梅子虽为日军司令之妹，却明晓是非，深明大义。相反，梅协虽精通中国文化，口口声声称自己为武汤之后，却为己欲不择手段。正是这样一群个性鲜明、矛盾突出的人物形象让我们更深层次地感悟战争、反省战争，让我们懂得，在抗日战争艰难困苦的时期，那些未泯灭良知的人是多么可贵，尤其故事人物以历史真实人物为原型，更加震撼人心。

这本书蕴藏着深厚的文学价值，不仅叙述了传奇故事，也让读者从中感受到了浓郁的艺术气息。小说全面展现了河南洛阳的历史背景和人文气息，文章还自始至终贯穿着玉石文化和佛教文化，不难看出作者深厚的文学功底。在阅读过程中，也能深深体会到一种浓厚的故乡情怀，对故土的人文了解之深，对乡土人情的眷念不舍，想必只有饱含对这片热土深沉的爱，才能写得如此深入真实吧！这一点十分打动人心。在这个越发浮躁的时代，这种情怀真是难能可贵。不忘根、不忘本的精神值得每一个人学习。

读完这本书，感觉收获颇多，同时也有所感悟，人生经历再多，也不过是历史的车轮碾过的痕迹，拼搏闯荡得再远，也扯不断故土的那份牵绊。遥望前方，不忘过去，才能更清晰地去展望；走在路上，心怀故土，才能更踏实地去前行。有时候累了，就请停一停，沉淀内心，回头望一望。

中原历史文化资源的文学传承

李　萱

无论是从一位知识分子以传承文化的态度对中原历史文化资源进行艺术化的书写来说，还是从小说对中原历史文化资源进行深度挖掘和文学表现来说，贾海修的《玉色瑗姿》都是值得关注的。小说叙述了 20 世纪 40 年代抗日战争末期发生在豫西洛阳偃师牙庄村的一段跌宕起伏的历史。作者以真实的人物为原型，以相关历史事件为依托，在虚实之间展开情节，并在叙述过程中巧妙地借用人物经历，将佛教文化、玉石文化、中原民俗文化等做了细致到位的展现。就其对中原历史文化资源的文学传承而言，以下两点表现最为突出。

尝试以个体的名义进入历史言说。历史作为既成事实，是不以人的主观意志为转移的客观存在。但一切历史的、文学的文本都不能将历史的真实一网打尽，其关键点在于"人"在历史中的存在状态，以及人如何对历史进行叙述。传统的历史言说，历史书写的是国家、民族、阶级等，历史的无限丰富在一个单向度的层面上被无情挤压。在新的历史观的烛照下，传统史观逐渐被解构，历史书写也逐渐转移到更小的村落、家族，以及生活在其中的个体的人，这其实是对在历史理性主义遮蔽下的人的感性生命去蔽与敞亮的过程。《玉色瑗姿》就把书写落脚到了偃师牙庄村这一中原小小村落之上，并把言说历史的聚焦点放在了抗日战争末期生活在牙庄村的贾勋这一个体之上，以传统历史言说对贾勋的叙述和村人对贾勋的评论之间的出入为切入点，从文学的角度对这一历史人物在抗日战争末期内心的选择和坚持进行了深刻的挖掘和生动的刻画，而且微妙地捕捉到了这一人物身上所承载的生活的庸常和无常。小说同时还塑造了和尚海严法师、日本少女梅子等人物形象，历史中个体的人的无限丰富性和人的生存之真被烛照。可以说，以个体的名义进入历史言说，是从文学角度对历史文化资源进行传承和艺术再现的最好方式和途径。

巧妙地将中原文化融入历史叙事中。捧读小说，在读者面前展现的是一幅原生态的中原历史文化的画卷。在聚焦于个体的人的历史叙事中，以地域为背景、以人为依托形成并传承下来的丰厚的中原文化也徐徐展现。偃师是夏商周历史文化的发祥地，自古就与玉文化有着不解之缘，这是小说得以展开的文化背景；偃师与佛教文化也有很深的渊源，西有白马寺，东有少林寺，又是唐朝高僧玄奘的故乡，这是小说呈现中原佛教文化的一大便利。不仅如此，在小说叙述过程中，中原民俗文化也得到了全方位的艺术表现：婚丧嫁娶、农耕祭祀、衣食住行、人情往来等方面的中原民风民俗，无一不包；天窖、天坑、杂菜、白面馍、红鸡蛋等充满中原风土人情的民俗元素也俯拾皆是；“小小扁食两头尖，下到锅里四下窜”“张罗罗、面旦旦，大舅来了吃啥饭”等流传至今的中原民谣让小说叙事越发生动；排场、言声、烧包、摆活、瞎喷、黑佬、一事儿、馕子、毒气等河南方言则和历史叙述融为一体，立体生动地展现了牙庄村及生活在其中的人们淳朴的中原气息。

作者贾海修在写作附记中申明了自己写这部小说的原因：一是记

述历史的责任促使；二是传承文化的责任促使。“我觉得，如果我不去写好像就不会有人去写，趁眼下我还有精力和能力，就应该把这个责任担当起来。”希望有更多更好的致力于传承中原历史文化资源的优秀文学作品问世。

倚梅听雪的爱情传奇
——夜读贾海修老师《玉色瑗姿》的精神享受

张早早

夜读贾海修老师《玉色瑗姿》一书，掩卷长思，不禁为书中爱情的理想色彩所倾倒。

自有文学以来，对爱情的美好描写一直占据着重要的位置，而文学也是无数文学家寄托自己对美好爱情理想化色彩，让自己的思绪驰骋于幸福悲伤、欢乐痛苦之间的自由天地。千百年来，无数少男少女通过这些文学描写萌发了对爱情的无限向往，演绎了千万个绚丽多彩的爱的传说。动乱年代和战争背景下的爱情故事也多不胜数，从古希腊为争夺最漂亮的女人海伦而发动的特洛伊之战，到现代对越自卫反击战的一半军功章，爱情在血与火的背景下更显得光彩夺目，更能彰显人类善良美好的本性。

与其他文学作品不同的是，《玉色瑗姿》的故事发生在抗日战争背景下的中原腹地——中华文明的主要发祥地河南偃师，书中爱情故事的主角是梅子（日本少女，驻偃师日军司令梅协之妹）和海严（古圣寺大法师，俗名赵峰，曾经留学日本），强烈的地域色彩，爱情人物的特殊身份，加上中华民族历史上悲壮时代的背景，这桩看似不可能发生的爱情故事的曲折悲欢就显示出更加强烈的理想色彩。

贾老师以浓烈的情感色彩向我们讲述了这样一个传奇故事：梅子受爷爷之托在日军护送下南渡黄河探望兄长梅协，途经古圣寺时因逢险化夷而与海严法师一见钟情；梅协不允其妹与海严相爱，以找到商朝时期一组镇国玉器“生死珏”换取两人自由相要挟；在一场婚礼上，梅子被捅伤且致流产，梅协对海严痛下杀手并软禁梅子；贾勋为救两人，设计以假“生死珏”与梅协交换并使其毙命；抗战胜利后，梅子留在中原农村，与相爱的人相守一生。

这样一幅绚丽的爱情长卷超越了国界，超越了时代，超越了不同的文化背景，更与衣食无关，作者对这样的安排以“一见钟情”“致命的诱惑”给出了感性和理性的解释，但这样纯粹的爱情，似乎更像是神话中的传说，令人向往又难以置信。

不过，令读者信服的是，作者叙说的这个看似传奇色彩很浓的爱情悲喜剧，是根据发生在家乡邻村——巩义赵沟村的真实故事加以虚构而成的，当年十七八岁的日本姑娘山侠荣子（中国名字田麦茹）跟随汽车兵赵留柱回到山村生活并加入中国国籍，几十年间婆媳和睦、夫唱妇随，赢得了乡亲们的尊重，膝下四男二女，70年代全家迁居横滨。

是啊，任何一个伟大的作家无论想象力多么丰富，其笔下的作品与多彩缤纷的现实生活相比都会显得那么苍白。

人世间男女爱情的奇妙是任何笔墨都不能完全表现的，只有当事人才能体验倚梅听雪静无声、于无声处听惊雷的幸福感受。我认为贾老师之所以花费大量的篇幅向读者展示残酷的战争环境下这场跨越国界的惊世爱情故事，意在表现人类本性的美好和男女之爱的独特魅力。在当今物欲横流的现实社会，爱情在许多情况下不可避免地要沾染上浮华和现实的残酷，当人们在为生存拼搏、为竞争而痛苦时，深夜打开一盏壁灯，体验这本小说的爱情故事带给自己的美好纯粹的爱情感受，拷问自己的内心，暂时远离尘世的喧嚣，无疑是一种难得的精神享受。

如今，随着信息社会传播渠道的多元化，文学的警世功能无疑淡化了许多，一本书能向人们展示一个地域独特的文化，为人们留下一个伟大时代的社会生活场景，讴歌中华民族不甘屈辱的精神内涵，让读者共享爱情的纯粹，带给人们愉悦和思考，就已经完成了它的使命。

在洛阳市正在大力实施精神立市的大背景下，引导人们向往完美纯粹、超越世俗、健康向上的爱情观，也是塑造社会主流精神的重要方面。作为作者的学生，深知《玉色瑗姿》这本书体现了老师的精神向往和追求，在洛阳市的文学创作领域独具心意，受到了众多读者的喜爱，也对我的精神世界产生了深刻的影响。

《玉色瑗姿》读后感

蔺慧若

闻听《玉色瑗姿》长篇小说出版，本人欣喜若狂，爱看书的我慌忙打电话给我妹妹建玲，并要来海修的电话，四处找寻这本书。拿到后我在最短的时间里，日夜翻阅，一口气读完，终于过了把看小说的瘾。这本书勾起了我很多回忆，使我不由得回到了童年时代。

从小我在马洼村长大。马洼村孕育了我的童年和少年，至今我还清楚地记得，在六七岁时，俺娘带我到赵沟村走亲戚，沟底的村中间有一条小河，通往黄河。河水潺潺，河边鸭子成群，有一个女子从家里出来，端着一盆衣裳在河边蹲下，顺手去洗，她拿皂角加进衣服，用棒槌捶了起来。童年的我看着河里的小蝌蚪好奇地去抓。那女子也不抬头看身边的我，还是一刻不停地捶，突然，一棒槌下去，溅了我满身的水。我不高兴地看着她，顺手扑拉（抹去）身上的水。俺娘拉住我的手说：“走，别理她，她是日本人。”

我当时问俺娘：“日本不是很远吗？她咋到这里来的？”俺娘跟我说：“她是我们中国打日本时过来的，日本人投降走了，她没走……”这个事，在我幼小的心灵里留下了深深的印迹。

俺娘如果健在，今年 90 岁，她老人家于 2012 年 7 月与世长辞。

俺娘名叫贾春柳，牙庄村的闺女，也是贾门之后。我们兄弟姊妹七人小时候可没少由俺娘带着去牙庄外婆家，再加上是一沟之隔，鸡叫俩村儿听，是沟边相望的村邻。俺娘“文革”时期参加了扫盲，加之她本人聪明好学，后来报纸、杂志、一般书籍她都能读下来。对于从前的民间俗语文化，她可是“一肚子两肋巴”。论民间顺口溜，她能说七天七夜还说不完，前几年俺娘来我家小住，《洛阳日报》《洛阳晚报》《大河报》及洛阳电视台、洛阳广播电台的记者都采访过她，并选登和播放数次。

如今，二老走了。我有决心也有信心，等我闲下来，邀请有经验的作者给我帮忙，将俺娘遗留下来的顺口溜，也就是历史文化整理成册，给后代人共享。

本书挖掘了偃师邙山岭上的往事，回顾了日本在牙庄、马洼等附近村庄的足迹，展现了贾门前辈的抗日形象，又生动地刻画了子弹纷飞时代的爱情憧憬。不难想象作者在著书前后走村串户，调查核实当时状况的辛苦情景。我这个土生土长在马洼的闺女，也仿佛回到了童年时代，跟着小伙伴东奔西跑，藏马虎捉迷藏，唱着民间的歌谣，纺花织布，纳鞋底，缝衣服，下地干农活，穿的是自己织的布，吃的是自己种的粮。就这样年复一年、日复一日地辛苦劳作，渐渐长大。

二老省吃俭用，供养我们兄弟姊妹七人上学读书，如今我们七人都有了自己的家，我的姐姐和我在洛阳，一个哥哥在马洼继承家业。虽然老三、老四先后结婚落户在牙庄村和沟脑（光明村），但现在也都在偃师市买了商品房。并且兄弟姊妹都有了第三代，日子过得红红火火。我和姐姐早年已退休，我后来被返聘在一个单位做财务总监，也算是老有所为。生活过得坦坦然然，逍遥自在。工作之余，偶尔打开电脑，翻阅一下新闻。偶尔打开淘宝网，看看服装，也不定时地参加网上的团购。突然的一个 QQ 信息，激起我看小说的念头。因为是我本乡本土的事情，所以就那么亲切，那么需要，那么喜欢！

有的事情过去也就过去，也不需要再反复思考、反复念叨。然而儿时的家乡和家乡的亲人是丢不下忘不掉的。在工作中、闲聊中、办事中，甚至在做梦中都不由人地提起。儿时做的一切事情，不管好事还是坏事都在时刻鞭策我，激励我向前。

眼前，我已六十有余。回家的念头时时都有，家乡的土地，家乡的窑洞，那是生我养我的故土啊。每逢节假日，我都要带着孩子回到故土，指着一草一木、山山水水，讲述父老和故土对我的养育之恩。城市繁华热闹，看不尽的高楼大厦、享不完的荣华富贵都没能吸引住我，唯有我的家乡，是那么难以割舍！

以上是我对《玉色瑗姿》小说的读后感。东拉西扯，想必会有错误之处，见笑了。

赞《玉色瑗姿》

胡宜平

海修文采浓，大作冠群雄。
玉色遮不住，瑗姿更添红。

七律·读友人

——读贾海修著长篇小说《玉色瑗姿》

胥　琰

钩沉补史贵精勤，一部琅玕与世闻。
争议本家关善恶，传奇故事供悲欣。
始知生死原无玉，岂有巫山不是云？
掩卷还思觅好句，贺君耕墨得氤氲。

品读《玉色瑗姿》

毛春歌

故都千年成云烟，近代百年一书览。

雄文十万海修撰，洛城争相睹玉瑗。

贺《玉色瑷姿》

李少良

闻兄大作已付梓，神往化作静夜思。
唯愿洛阳纸不贵，挑灯拜悟兄心曲。

读《玉色瑗姿》有感

赵振军

修兄大手笔，河洛出奇葩。
厚重家乡史，清香下午茶。
通篇书卷气，一部爱情花。
字字珠玑美，赢来众友夸。

第三辑

话·拙

混沌不觉日深，
闭目难寻素心。
守拙可解他意，
抱朴缘为度君。

“抱朴”城里好风光

曲焕平

人间春来芬芳多。吐艳的梅花刚刚谢了，一朵朵桃花已绽放在枝头，这边才落了一场烂漫的梨花雪，那边的姚黄魏紫已姗姗走来，姹紫着一片春光，嫣红着一座城郭。

这时节，搬上一个小板凳，坐在一株花树下，沏一杯清茶，然后，闭上眼，静静地听花开的声音，一遍遍嗅着那幽幽的花香从远处飘来，在空中曼舞着，一缕一缕沁入我的肺腑，一颗心便酽酽地醉了。

也许是偶然，我在不经意中翻开贾海修先生的散文集《抱朴守拙》，便一下子被书里的风光吸引了。一篇篇阅读着那些散文，一次次在那字里行间探寻着迷人的风景，那些情感和思想的花朵，一簇簇，一团团，在我情感的土地上绽放了，生动着我的视野，灿烂着我的世界。

不知是我从那一篇篇散文走进了景色怡人的花海，还是从那馥郁的花香步入了文字里最惬意的时光。

阅读着那散发着泥土清香的文字，我仿佛走进了一座美丽的城郭。那些文字就像是一个个密码，打开它，便鸟语花香，鸡犬相闻，朴素温馨的家园气息扑面而来！无论是过往记忆里的一缕缕情愫，还是现实生活中的真情瞬间，作者以舒缓而柔和的笔致，给你一种鲜活的画面和诗意的情调。朴素，亲切，委婉，自然，是他文字的主基调；心的酝酿、情的陶冶、思的提炼赋予笔端，自然流泻出来，细腻处动人心弦，深情处摄人魂魄。

赏读《美丽》《勇》《金旦》等诸篇佳作，走进作者熟悉的生活，那美好的童年、家乡及亲人和朋友，在他细腻朴实且略带天真洒脱的笔调中，娓娓传达出一种真情、童趣与人文关怀，在朴素与亲切的述说里折射出人们心灵深处的闪亮和人性的美，给我们留下了一点点历史的痕迹与一幅幅审美的剪影。

情感是散文的灵魂，赏读这些散文，最大的特色是以情见长、以情感人、以情动人。在《三位老师的三句话》《我的小学一年级时光》《教师记事》等文章中，作者写出了自己在曾为学子后亦曾为人师的角色演进中难以割舍的浓浓师生情。

在一篇篇家长里短的人物记事中，也散发出作者炽热的感情。如《大伯啊大伯》《祖父》《父亲》《小青》《樊哥》《老者愿做上钩人》等，有对亲人的亲情，对朋友的友情，对妻子的恋情，作者用直抵我们思想深处的血性和真情的文字，给我们展开了一个温馨而美好的世界。在《祖母》中，作者直抒胸臆："每每想起祖母对我的关爱，我就感觉，好好工作，好好生活，好好待人，既是做人的本分，也是人生最大的幸福。"可谓言为心声，由此可以看出海修先生的高尚品格和人生境界。

散文是美的，它能给人以美的享受，然而什么样的散文才是最美的散文呢？秦牧曾说："一篇好的散文，应该通过各种各样的内容给人以思想的启发、美的感受、情操的陶冶。"

就这样翻开这本书，一篇篇读下去，不仅能感受到那些真情的花香沁人肺腑，而且还能体会到作者的美学追求。无论是童年的惬意与亲情的温馨，还是飘散着生活芬芳的家乡记忆，他的文笔总是从容、委婉、宁静、柔和，有浓浓的乡村气息，有葱茏的诗意，有人间的真情和美，真像刚摘下的脆脆的绿绿的豌豆角那样，新鲜，水灵，可爱。

同时，在不经意间，你还会发现那些文字里散落着许多闪烁着哲思光芒的隽语箴言。当用心来读、用心来体会，从中品味人生的哲理、感悟生活的真谛，你就会走进作者宁静的心灵深处。那里，有带你走向远方的万千风景；那里，有让你的心灵得到小憩的精神乐园。

品读着那些散文，我一下子走进了作者的人生境界里。那一篇篇真情的文字，更像田野里的花朵，芳香扑鼻，灿烂了我的视野。

我一遍遍阅读着那些散文，那一个个真情的文字便融进我的生命，绽放出一个春意盎然的美好花季。

抱朴守拙写美文

——读贾海修散文集《抱朴守拙》有感

杨亚丽

丹桂飘香时节，得知贾海修老师的新书《抱朴守拙》付梓，大为惊讶和佩服。他在繁重公务之余，又一力作横空出世，用成果践行了那句“时不空过，路不空行”的老话。这份辛勤，让人心生感动。

月上西楼读书时。翻开《抱朴守拙》，墨香翩然而至。开篇《媳妇》，作者用家常的语言，带读者走进了生活的画卷，按时间顺序展现了他生活的轨迹，从相亲到结婚到婚后的一些生活琐事，展现了他对媳妇由衷的赞美。

一口气读完后，我意犹未尽，读这样流畅如水还不乏诙谐的文字，心情是愉悦的；恰到好处的方言运用，熟悉、亲切、自然，不觉间就拉近了与读者感情上的距离。一些民风民俗的描写，让人耳目一新。大量生活细节，作者用简约的文笔娓娓道来，让人如临其境，真实还原了媳妇美丽、善良、细腻、温婉、大度、知性等优良品质。

更打动我的是看似平淡，细品却有趣味的叙述方式。如：“孩子们见了媳妇叫‘四婶’‘四娘’，见了我叫‘四叔’‘四伯’。我笑着摸摸孩子们的头，媳妇赶紧掏出崭新的一块钱塞进孩子的手里。皆大欢喜。”一对新婚夫妇，面对子侄声声热切的呼唤，看似平常、简单的“笑”“摸”“赶紧”“崭新”等几个词，就丰富地表达了新婚夫妇羞涩、激动、欣喜的情感，特别能感受到新郎还带有骄傲的情绪，同样，孩子们机灵的模样也跃然纸上。这样的文字，真实、朴素，极具画面感。再往下的情节，让人乐不可支又击节叫好，就是同门孙媳妇、人到中年的竹的出现。百余字的描写，就把一个诙谐、精明的农村妇女形象表现得淋漓尽致，特别是竹那句“祝奶新婚幸福，万寿无疆”，有画龙点睛之神韵。

《媳妇》通篇没有跌宕起伏的情节和矫揉造作的煽情，却让人过目难忘，心生敬意。正是源于一份真爱，行文才能这样轻松自如，偌大的篇幅，读起来依然酣畅。

故事的真实性打动了我，作者用心体察，使得笔下的人物个个都活灵活现。我看到了慈祥明理的父母双亲、顾家勤谨的兄长、既“上得厅堂，下得厨房”又能敬老爱幼的媳妇和一群可爱朴实的父老乡亲，更看到了一个和睦有爱的大家庭。

什么样的文学作品最感人？我想每个人的答案都不一样。就《抱朴守拙》而言，《媳妇》一篇就感动了我。惊涛骇浪固然引人瞩目，但小桥流水也别有风味。作为一个凡人，没有曲折的经历，就写不出感人至深的作品了吗？答案是否定的。因为贾海修用他的实践告诉我们：平凡的生活也很美！关键得用心去体察。

掩卷许久，心情依然愉快，相信看完《媳妇》，你们都有这样的感受！

家长里短显真情　众生相里品人生

——评贾海修《抱朴守拙》中的真性情

马春华

本书系作者第一部散文集，他运用生活中的事进行创作，写身边人、经历事，鲜活的创作、精彩的文章，让人读后备感亲切。书中，有对故土的由衷思念，对人生的执着追求，对亲人的无私关爱，对名山大川的礼赞和对社会、生活的真诚赞美。

“字里行间，我们无不感受到作者淳朴的思想、高尚的情怀和真诚善良的心。我认为无论写文章还是做人，这是最难能可贵的。”洛阳市作家协会主席赵克红在该书的序中说。

小说是有态度地讲述别人的故事，散文是真性情地诉说自己的心迹。作者的散文尤其如此。读他的文章，一如走进他的生活和内心。文中涉及亲人、朋友、同学、同事、村人、邻里。从这些众生相里，可以读出一颗对生活有着独特态度的心。

《媳妇》是全书最深情款款的华彩亮章。时间为序，每一章节以“媳妇”为中心，串起大家族里的众生活动、风俗人情，“媳妇”美丽的心灵是跳跃的火苗，温暖身边每一个人。

“媳妇”对亲人至孝，对朋友至纯，又敢于主持公道，热爱厨艺，既是家里的“媳妇”，又是大家的“福星”。一箩筐大事小事，“媳妇”

的智慧、大度和雄才大略跃然纸上，连女人都嫉妒作者的好福气。

“媳妇”的种种做派，确实好，但男人如果没有满腔的爱和感恩的心，“媳妇”也许只是午夜梦回时一闪念的感激，架不住生活中柴米油盐的日日消磨和工作中心烦意乱时的狂躁怒吼。身处婚姻，再观周边人，你会明白两人能如此欣赏，真的是神仙眷侣了。

印象最深的是写“媳妇”的美，“巧笑倩兮，美目盼兮，素以为绚兮”，美得无瑕。一个美人如果你几十年不见，还精准地记得细节，这没什么奇怪的。关键是，如果一个身边人，在白发隐约、皱纹渐显的年纪，你还能记起她当初的惊艳，这就让人称奇了。

其他文章多在记录生活的真实中出彩：《委屈》讲述看似碎碎叨叨的一件小事，却情真意切，睿智闪现，“做好事，就应该有被人误解的心理准备”，既是化解矛盾，也是劝勉读者。《帅哥伟弟》《结义兄弟》《美丽》饱含对同事、朋友的欣赏，道出了同事互谅解、兄弟情谊深、战友共患难等深情厚谊，感人至深。

有的事情，记之无妨；有的事情，并不好下笔，他以真以诚以坦率吐露真言，不是惺惺作态的自剖和拔高，而是真性情，甚至非理性，不怕读者窃笑自己地展露心迹，毫不矫饰，读来很有共鸣。

意气风发续续谈，说尽心中情无限——爱情、亲情、友情、知己情，教会我们珍惜、欣赏、宽容和感恩。

个体记忆中的乡土中原切片
——读贾海修散文集《抱朴守拙》

李　萱

关于乡土中原，有很多个体化的记忆和书写，突破了宏大叙事的单一和扁平，钩沉出许许多多沉淀已久的历史细节和人情风貌。贾海修的散文集《抱朴守拙》是这些乡土中原叙事中较为特别的一种。“只是想把工作、生活中一些感悟诉诸文字”，这样的出发点给了作者一个宽松自由的写作空间，聊家人，叙朋友，写游记，抒感想，“零星杂碎的片段人生”在他笔下生动鲜活起来。个体记忆是他试图留存个人化历史样本的一个秘密武器，他的散文像是不同角度的乡土切片，五味杂陈的家长里短、普通人的寻常生活、日夜更替中的人生感悟，都生长并融化于中原这片乡土之中，打动着每一个地地道道的中原人。以下三类中原乡土的切片，尤为真实生动。

中原人物群像。全书共分五章，90 余篇文章，有近一半写的都是身边人、身边事。《媳妇》《祖父》《祖母》《父亲》《大伯啊大伯》《美丽》《勇》《我的大学班长》《金旦》等诸篇，写的都是身边熟悉的那些人。《祖父》写的是家族的历史，也是每个中原人的历史。绵延起伏的邙山，奔腾不息的黄河，造就了祖父的性格和一份很大的家业。大大小小 35 口人，熬过了三年严重困难时期，六儿一女，争争吵吵，磕磕碰碰，即是幸福。疼爱孙子、刻意留几块干馍给“我”的“祖母”，勤劳节俭、谨慎少事的“父亲”，会包饺子、美丽善良、贤惠孝顺的“媳妇”，还有通篇那个豁达超脱、淳朴坦诚、与人为善的“我”。读着这些岁月往事、人情往来，好像看到了我们自己熟悉的、经常念叨的那个祖父、祖母、母亲、朋友。黄土和黄河，养育了这些朴实可爱、善良勤劳的中原儿女。

乡土风情。“美不美，故乡水；亲不亲，故乡人。”每个人的心里，都有一块魂牵梦绕的乡土。记忆里的那些人，也都在这片土地上哭过、笑过、摸爬滚打过。乡土中原的气息弥漫于整部集子，无论是写人还是记事，到处可见中原人熟悉到骨子里的生活方式。《媳妇》一文深情细数了“媳妇”的“美”和各种“好”，其中一个章节写到领着城里的女朋友回家，“我家在偃师的东北角邙山岭上，离洛阳有 100 里地。那时只有直通县城的汽车，到山上就得步行……县城往北，是盘山公路，媳妇穿的是高跟鞋，在这坑坑洼洼的山路上走着可想有多困难。每走一段，她都要问我还有多远，我总说快到了，或说爬过山顶就到了……”这绝对不是一个人的记忆，很多那个时代的年轻人都曾经有过类似的往事，如今读来，想笑，可又笑不出来，眼前总能看到小时候走在回乡路上的影子，耳边也总能听到亲戚朋友们当年的故事。这样的集体记忆，在书中有很多，数不胜数。热气腾腾、香味扑鼻的饭菜尤其能勾起读者对乡土的深厚感情。“外焦里嫩，透撒着葱花香味”的葱花油馍，媳妇包的“像半个月牙儿，肚子鼓鼓的，捏的边缘是直的”喷香的饺子，“有点咸味，有点香味，喝着比白开水、面疙瘩汤、小米汤都好喝”的饺子汤。还有儿时吃“野味”的场景：“将逮住的麻雀用泥巴包好，放在柴火堆上烤，泥巴干了，麻雀也就熟了，掰开泥巴，这时泥巴已把麻雀毛全粘掉了，只要去除内脏，撒上盐，就可食之，香味诱人得很。”这些美食和场景，都如在眼前，读了又读，满足着每一个离开家乡或守护家园的中原人的心。

方言土话。家乡话应该是乡土文化的一个重要的组成部分，传递着生活在某个地域的人们的性格特征和文化特色。然而，读书、工作了的我们，普通话越来越多地占据了交往的重要位置，哪怕是讲河南话，也都在不自觉中大量借用普通话的语音、词汇和语法，这种“方言性的普通话”或“普通话性的方言”，使得很多地道的河南话被逐渐淡化。读贾海修的散文集，却顿觉妙趣横生。当普通话的表达方式被一些习以为常的方言或久不用之的土话替代后，乡土味儿便扑面而来。特别是写人物对话或心理活动时，使用方言，使人物情态毕现，传达出很多普通话所不能传达的微妙之处。这样的例子可随手拈来：“看这新媳妇多尖诀儿！”“看这新娘子多排场儿！”“妈说话艮，好怼呛人。”“我薅了很多荠荠菜！”“牛丢了，逮住拔橛的了。”“这六楼恁高，谁会上来！”用方言写作的方式非常值得尝试，不仅接地气儿，好懂，容易引起共鸣，更能以文学的方式保留住方言土话的魅力，经久流传。

光阴易逝，却有刹那可以永恒。个体记忆永远都是留存时光和历史的最佳途径，而文学又是个体记忆通往集体记忆的最佳媒介。《抱朴守拙》这本散文集，是一个人的时光切片，也是一代人的乡土记忆。

体会平常善良　感受生活温暖
——读贾海修老师散文集《抱朴守拙》有感

李舒元

杨绛先生有句名言："语至极致是平常。"这句话用来形容贾海修老师的散文集《抱朴守拙》，再贴切不过了。散文通篇没有华丽的辞藻，找寻不到丝毫刻意描述的痕迹，与生活的对话如叙家常，文章朴实无华，文字真实感人，足见作者对人生独到的见地，对生活入微的刻画，对人性细微的洞察，对美好真挚的向往。

与海修老师相识在六七年前。本书跋的作者、时任洛阳新区开发建设办公室行政处处长孟晨先生组织的聚会上，我与海修老师一见如故。大约我骨子里也有文艺青年的基因，那晚的交流给海修老师留下深刻印象，从此结下了与海修老师之间的缘分。

海修老师在我眼中，亦兄亦师亦友。"君子之交淡如水"，形容我对海修老师的敬重，有过之而无不及。海修老师身为公务员，没官气，也不世故。他平易近人，待人真诚，毫无架子，对我的帮助和关照总是发自肺腑、不图回报。我总说，哥，我请你吃饭吧。他说不用了，有事来办公室吧。有一次，我去他办公室拜访，相谈甚欢不知不觉临近午饭时间，我照例提出请吃饭的请求，海修老师说，不用了，老弟，去我家吃饺子吧，你嫂子中午包了野菜饺子，去尝尝。我受宠若惊、诚惶诚恐地来到海修老师家中。海修老师家中很简朴，没有豪华的装饰，家具布置干净整洁。嫂子包的野菜饺子味道真的“美得很”。一次美味的野菜饺子家宴，让我真实感知嫂子的贤惠与热情。《媳妇》一文，描写了嫂子的贤惠、孝顺、勤俭、智慧、豁达，以及嫂子家里家外处事的张弛有度。可以说《媳妇》一文，通过朴实的语言刻画了一位重孝道、守传统、爱亲人、乐助人的可亲可敬的贤妻良母的光辉形象。

散文分五个章节。第一章“琴瑟在御，莫不静好”，有对爱情的浓浓表达。《媳妇》一文，可谓提纲挈领，笔锋细腻，如涓涓细流，温暖人心。第二章“日月无声待花开”，作者回忆大学情事，对青春懵懂爱情的回味，表现出年轻时因倔强与爱情擦肩而过的遗憾；作者对亲情的回忆，比如《祖父》《祖母》两篇，虽寥寥数语，但真情流露。第三章“生命之不可思议”，更多记录的是生活中的一些体会。谈同学圈，聊教师情，有“5·12”大地震的心灵触动，有对信息工作的感悟。《冲动也能成事》一文，再现了作者 19 岁那年和武洪超骑行六七小时到少林寺的壮举。但作者在文中最后理性务实收尾：“要干成一件事，决定靠的是冲动，行动靠的是精神和身体的协同；对认准的事，要身体力行、雷厉风行，不能坐而论道，有始无终，要做好应对困难、克服困难的准备，往最好处努力，往最坏处打算。如此，凡事则成。”第四章“春风十里不如你”，着重描写珍贵友情，如《帅哥伟弟》《我的大学班长》。《结义兄弟》那篇，读来尤其震撼。跪拜行礼兄弟结义，古代武侠小说书中方能出现的情节，在海修老师的生活中真实呈现。这足以说明海修老师为人侠肝义胆，重情重义，值得深交。第五章“灵魂行走在路上”，更多的是作者的生活见闻随想，但下笔流畅，行文洒脱，一如作者的为人。《水沟》中有一段描写，浪漫温婉："夏天走在这条小路上，两旁拔节的麦苗已到膝盖，浓绿的叶子轻拂脚面，轻刮双腿，像是少女的抚摸，又像是挽留你的脚步，抬眼朝麦地望去，绿波起伏，绿海荡漾，宛如漫步在小片草原……秋天，收获的季节，渴了，可以大嚼甜蜜秆儿（玉米秆）解渴；饿了，可以红薯花生充饥；累了，可席地而坐，笑看遍地黄花随风飘扬。"字里行间，透露出作者对生活的乐观从容。

特别喜欢这段文字："在以前，我们不微信，不电话，不被堵在路上，如果我想你，就翻过两座山，走五里路，去牵你的手。"对浪漫爱情的表达，对文字火候的精准把握，堪称经典，真是"多一分太肥，少一分太瘦"，恰如其分，入木三分，不愧是作家底蕴。

《抱朴守拙》一书，看似在写作者生活的琐碎点滴，其实更深层次地表达了作者对阅尽世间繁华的淡然，显示出一种恬静豁达的人生价值观。人生三重境界：第一重看山是山看水是水；第二重看山不是山看水不是水；第三重看山还是山看水还是水。海修老师或许正步入知天命之年，已经到达第三重境界了吧。"心似琉璃，内外明澈，净无瑕秽，淡看浮华。本无所染，明妙坦荡，干净如怡，赋我华章。"这，不正是海修老师最真实的写照吗？

"一笔流年，难诉半生日月；两鬓负雪，非是风过染霜。偶遇他人，皆是命运；生逢何处，尽是良乡。"感谢洛阳，感谢孟晨先生，感谢缘分，让我结交海修老师。祝福海修老师，勤躬笔耕，期待下一部佳作尽快面世。

文品人品俱佳　为师为友皆宜
——兼评海修之《抱朴守拙》

马宏章

距长篇小说《玉色瑗姿》出版时间不长，海修兄的又一力作——随笔集《抱朴守拙》于2015年的夏日时节横空出世！可喜可贺！说来惭愧，虽然海修的第二部大作出版已有些时日了，但我由于整日里忙于事务，直到这个月初才把书拿回来。捧着似有墨香的散文集，首篇《媳妇》便深深吸引了我，且不说内容情节，其朴实自然、如行云流水般的白描叙述和实实在在的时间、地点、人物，让人很有亲切感，仿佛其人、其事、其境就在你的身边。在此之前，报刊、网络和微信群里，大加赞赏评论者众多，不乏河洛文坛大家，也有草根平民，更有外地乡友。本人才疏学浅，也只有高山仰止、拜读崇敬的份儿了。然而，一口气读完《抱朴守拙》后，掩卷之余，不禁击节叫好！那种洛阳本地的乡土乡情气息、身处机关的心态心绪流露、家长里短的情趣情境抒写，似洛阳街头牛肉汤的厚重醇香，扑面而来！相同的家庭出身，相近的职场环境，相似的心路历程，都使我按捺不住，有许多心声不吐不快！

和海修兄相比，他长期积淀的文学深厚造诣，对生活、对文学艺术的挚爱与追求不懈的奋斗精神，以及厚积薄发的不凡成就，还有他那种恬静闲怡的生活态度，都是我等无法企及的。

和海修兄的交集，说来不算长也不算短，屈指十二三年了。2002年年底，我从部队转业至一个政府部门办公室，其中一项重要业务就是主管全系统的宣传和信息工作。当时海修兄应该是市委信息科科长，由于业务联系紧密，我时常去汇报工作，沟通业务。海修兄平易近人，每每放下手头的事情，与我侃侃而谈，他对建设系统信息宣传工作至深入理的见解和工作方法技巧的点滴传教，使我受益匪浅。虽然原在部队和院校长期从事文字工作，但和地方有诸多不同，我在海修兄的指导下，通过一个时期的努力，使得本系统的信息宣传工作终于摆脱了落后困境，一跃挺进市直委局先进行列，个人也因此连续几年被评为全市先进个人。这使得我对海修兄更多了几分敬重。这样的交集持续到了 2005 年，我到城管部门任职。虽然业务上联系得相对少了，但每到市委开会办事，总少不了到他办公室小坐，这也算和海修兄的第一段交集吧。说来也是缘分，第二段交集是在 2008 年我又转任单位人事科长，时年海修兄又官至市委组织部绩效办副主任，又是上下级业务对口关系。由于称得上是老相识了，无论在工作上还是私下里都交往甚多。其间海修主任带队全市组工干部班赴上海学习半个月，我与他曾一同漫步上海黄浦江边，这些情景作者在随笔集中部分章节已有描述。

此后海修兄又调任报社领导岗位，我则于 2011 年到现在的部门任职，由于工作关系，常到报业大厦大新区开发办，也时不时到他办公室看看。每次去都看到他工作上异常繁忙，有时不得不边陪我说话边处理业务，我总不忍心多打扰他，有一次，我看到他窗台上放置一个牌子，印象中上书“请勿闲谈”，我指指牌子，笑问，我是在闲扯啊！

他哈哈大笑说，你例外！是啊，我有时在想，他工作繁忙，哪有那么多时间来写书、编校？不免让我想起鲁迅先生那句话：哪里有天才！我是把别人喝咖啡的功夫都用在工作上。由此可见海修社长工作之余为创作付出了多少辛劳和汗水。

说到海修兄的人脉为什么那么广，除了他长期供职于重要部门，我想更重要的是得益于他的人品、人格魅力。在上海学习期间，课余或外出游玩，总能看到美女帅哥们簇拥在他身边，幽默小段、风趣惊人之语他张口就来，再加之他的博闻强记，很多闻所未闻的典故、戏说、逸闻趣事总能不失时机地道来，时常把大家逗得捧腹大笑。我作为不登大雅之堂者，有时也会在旁边插科打诨，充当"捧哏"的小角色！若在饭桌上，他自始至终会是谈话中心，一顿饭下来，酒没喝晕，人差点笑岔气！他就是这么一个人，不但随时随地能活跃气氛，而且传递的都是正能量。这不是谁想做就能做得到的，它除了来自广博的学识、丰富的人生阅历、乐观豁达的性格，更主要的是恰到好处的表达。仅这一点上，就足够让我佩服。

话题还回到《抱朴守拙》一书上。书中所收数十余篇杂记、随笔，均是作者在机关不同岗位十余年间，工作、生活之余所思所悟所感，真情实感，原汁原味，既独立成篇，又浑然一体，既有点滴零碎之记，更有深度好文，看到最后，仍意犹未尽，好像牛肉汤喝了一大碗还想去添汤，期待作者再续新篇，以飨众生。开篇《媳妇》一文，诚可作为中篇记叙体小说，活脱脱地把一个端庄、贤淑、知书明理的"城溜（城里）"媳妇描写得真真切切、实实在在，让人敬佩！正因为如此，很多读者都纷纷发表评论，赞美者众，此不赘述。《抱朴守拙》语言朴实无华，洛阳本土气息浓厚。书中所写的人、事、境大多发生在我们的身边，很多人物我都熟悉，语言质朴，大多用白描式叙述，但凡识字之人都能看得懂、看得入神。书中洛阳土话、俗话、乡音俚语随处可见，与情与境贴切相符、相得益彰。由此，我想到一大批老一辈作家为我们留下了一部部不朽之作，如老舍的《骆驼祥子》、丁玲的《太阳照在桑干河上》、曹禺的《雷雨》和《日出》、赵树理的《李有才板话》，还有郑州出去的大作家魏巍的《谁是最可爱的人》、洛阳出去的大作家李凖的《黄河东流去》等，这些大作名作都是我在初中时代读的，至今耳熟能详，其共同特点就是贴近人民群众生活，用现在的话讲就是接地气。更主要的是语言，很多名作运用的语言完全是活在人民群众口头上的语言，生动活泼，通俗易懂，特色鲜明，风趣幽默，富有浓厚的生活气息。换句话说就是有着口语化、形象化、个性化和民族风格的独特性语言。

海修兄能处繁华中而不浮，于匆忙时而不躁，专心致力于乡土文学的倾心打造，终被世人所颂，可敬可歌！我与海修兄有着相同的生活环境与求学经历。我们同生在农村，孩提时代和求学时期境遇相同，老家的风俗习惯一样，心态和追求相通。记忆中的很多奇葩糗事都经历过，比如“过年下”时“啃骨头”的吃相、偷红薯、与小女生恶作剧等，回到家挨打挨骂，还有到异乡读高中时对食物的极度渴望，直到现在有时还冒出那些场景。无论从作品中还是现实生活中，都不难看出，作者本人有着对事业、对社会、对家庭、对亲朋好友的一片赤诚之心，有着优秀的涵养和人品，有着高层次的喜好与品位，有着良好的人际关系，所有这一切，无不得到大家的一致尊敬与拥戴！

海修，是我等学习的楷模！

心灵深处的共鸣
——读贾海修先生《抱朴守拙》的感悟

葛高远

国庆节上班后到洛阳日报社办事，拐到贾海修副社长的办公室拜访他。说点攀附的话，他是报社的副社长，我兜里还揣着报社的特约记者证。我原以为他一定会跟我交流新闻写作——我们应是“上下级”关系，谈新闻才是正事。谁知他一见我就送给我一本他刚出版的散文集《抱朴守拙》，嘱我提提意见。

认识贾海修先生，也就是今年（2015年）5月份的事。在市委党校举行的河南省报告文学学会洛阳分会成立大会上，贾海修当选为副会长。当时听主持人讲他是洛阳日报社副社长。贾海修先生声情并茂的演讲极具说服力。我猜想，他一定是个生活阅历丰富的人，是一个在大场子里待过的人。

一边翻着《抱朴守拙》，一边和贾海修先生攀谈。贾先生很健谈，谈他的人生经历，谈他的创作经历，谈他的家庭，谈他出版的小说《玉色瑗姿》。他一说我想起来了，去年在一个镇长的办公室见到过那本小说。

临走，贾海修先生在他的《抱朴守拙》扉页上签上了大名，还特意嘱咐我：“我比你年长几岁，叫我海修哥吧，不用再叫社长、老师了，叫哥听着亲切。再说了，咱们还是亲戚呢，你媳妇不也是姓贾吗？”我很惊讶，贾先生，不，应是海修哥了，他的记性真好，我真不知道什么时候跟他说过我媳妇姓贾，想想他应是从我的散文集《悠悠岁月》里看到的。

回到家一口气读完《抱朴守拙》，差点没有噎着。海修哥太能写了。光是《媳妇》一文就写了 50 页，占了一本书的七分之一。媳妇，一个再简单朴素不过的称呼，一个说轻也轻、说重就重的角色。在纷繁复杂的社会生活中，很多人把自己身边的很重要的这个角色几乎给淡忘了。而海修哥把媳妇放在了“首位”。做儿子孝顺不孝顺，往往取决于媳妇，这不是海修哥得出的结论。但是，海修哥的孝顺，还真是得益于有了个通情达理的好媳妇。一个能把家里外头、三亲六故、左邻右舍关系摆布开的媳妇，估计也就是《红楼梦》里王熙凤能够做到。海修哥的媳妇伺候公公婆婆，照顾丈夫孩子，里里外外都做得让人想挑点毛病但又真还说不出什么。难怪海修哥不吝笔墨、浓墨重彩地描写“媳妇”。

看完《媳妇》，推荐给俺的媳妇看。媳妇看了以后，也感慨海修哥媳妇平凡中的伟大。俺因势利导要求媳妇以“媳妇”为标准，做一个“媳妇”一样的好媳妇。哪知媳妇杏眼圆睁：“拉倒吧，你以为你也是报社社长？”

海修哥《抱朴守拙》除了《媳妇》这个看点，还有很多的地方与我在心灵的深处产生了共鸣。虽然海修哥比我大几岁，职位高，水平高，但我在他的作品里还真找到了很多我们的相似之处。

比如说，海修哥的老家在偃师市牙庄，俺老家在伊川县邢庄。村名都带着个“庄”字，估计也“雅”不到哪儿去，都是庄稼人。海修哥的童年和少年时期是在农村度过的，这在《抱朴守拙》里可以找到影子。我童年和少年时期的经历和他有着惊人的相似。他在《抱朴守拙》第二章“日月无声待花开”中写了祖父、祖母、父亲的琐事，饺子的味道，小学一年级的时光，多摸了人家两穗玉米，记忆中的年下，游泳记事，等等。这些与我的经历何其相似！连方言都一样。“记忆中的年下”中的“年下”一词，不要说外地人不太明白，就连洛阳城里的年轻孩儿们，一时也磨不过来这“年下”是“抓来”（什么）。唯有有过农村经历，年龄至少得在四十岁的人才知道，“年下”就是“春节”。这种亲切的很有乡村泥土气息的语言很随和，让人一看题目就想往下读。这是海修哥的亲和力。

海修哥参加工作后在大单位工作，地位、名气都有了，再写小时候的逸闻趣事会不会有损“领导形象”？这一点，我觉得有点多虑了。海修哥并不隐晦私自去游泳被大人打屁股的往事，也不回避下河摸鳖的经历……

一篇一篇的文章，没有多少华丽辞藻的堆砌，没有哗众取宠的噱头，但每一篇都是让人读后能在心灵深处产生共鸣的好文。读海修哥《抱朴守拙》这本书，真的是开卷有益。什么叫接地气？我们整天在探讨这个问题。什么叫正能量？我们也在为之努力。读读这本书，这些疑问都能找到答案。

读贾海修先生《抱朴守拙》首篇有感

张保恒

抱卷披阅击节叹，朴实妙笔可点圈。守诚不辍土生华，拙到极致成经典。

美女同事月亮送本厚书给我，说是不妨一阅，或有所获。我以为是长篇小说，心里有点抵触。因为到俺这把年纪，虚妄的东西已经不敢随意奢侈了。接过来一看，却是贾先生的散文集，有点意思；再翻，说的多是先生的老家偃、巩交界的风土人情，便有些“爱不释手”。

因为我老家是巩义，与先生也算是半拉老乡。权借先生一双慧眼回望一下乡情，抒发一通乡愁吧。

开卷首篇就是《媳妇》，几乎一下子抓住了我的心。并非俺是“媳妇控”，而是感觉书中所述场景似乎就在身边，现在却又渐行渐远。可以说，古往今来，娶媳妇都是我们河洛大地百姓苍生家家户户的头等大事，不能有半点的疏忽大意。至今在农村，二十当爹、三十光棍的现象比比皆是。随着社会人口结构的调控，将来的小伙子讨个媳妇难度更大，对一个农家来说，媳妇就是天上的星星，摘下来便满室生辉，摘不下来便走投无路。五里不同音，十里不同俗。与先生不同，巩义话里的“媳妇”并不指老婆，而是指儿媳妇，老婆称“秀（羞）子”。

媳妇就是家，无媳妇，家安在？把儿子老婆称“媳妇”，把自己老婆叫“秀子”，说明做父母的第一责任就是要为儿子讨老婆！谁家孩子还没娶上秀子，难受的首先是父母，那是压在父母心头最沉重的石头。农村小伙娶上城里媳妇，而这位媳妇又是那么贤惠美丽，像是天方夜谭。爱之切则情难禁，不知道先生的文章里有没有溢美成分，我宁愿相信它百分之百真实可信。话虽如此，但这样的事情只会发生在新老社会形态变革的特殊时代。迎得佳妇归，离不开先生的个人魅力，更多应该是时代赋予每个人的可能机遇。

“生命诚可贵，爱情价更高”，这其实是对普通人的心理描述。老婆的称心与否，对男人一生事业的兴衰成败，可谓影响巨大。爱老婆，肯为老婆付出一切，甚至生命，这是男人的弱点，也是男人的可爱之处。对于这一点，作为老婆、男人的媳妇，一定要格外珍惜，用之有道，决不浪费，让爱情之光释放出最大的热和能。在此也想说说我对一个“好媳妇”的评判标准，或许与您所见不同，仅供参考。

一是要有德。何为德？为妇之道也。常说某女人不像个女人，其实是站在做媳妇的角度来评判她的。时代变了，女人选择自己独特的生活方式，外人无可厚非。但如果想当别人媳妇，必须要有她的温柔、厚重、母爱、亲情、忍耐、包容与内蕴。其中的包容最重要，因为媳妇就是家，媳妇要有起码的家庭责任心，当仁不让，才能包容下家庭所有成员的形形色色。有容乃大，有包容就是德，即使没有下述三项，也可称为“合格媳妇”。

二是要有貌。这是无须讳言的，容貌是吸引青涩男性的首要条件。但我所说的貌不光指相貌，更指体貌。相貌的好坏很可能没有一个客观的评价标准，情人眼里出西施，焦大看不上林黛玉。但身体的好坏有着明显的差别，好媳妇一定要上得厅堂，下得厨房，能吃苦能受累，独当一面。如林黛玉般弱不禁风，能当媳妇吗？起码当不了好媳妇。

三是要有情。主要指恩情，也指风情。俗话说一日夫妻百日恩，走到一起是缘分。虽不要求两口子每日举案齐眉，但互相知恩感恩则是最好的家庭调和剂。恩情，决非单方面施与，好媳妇最会用感谢这个词。还可以有点风情，小时候听大人说过一个故事：男人冷天出门忘戴围巾，笨媳妇隔窗吆喝“死鬼爬回来戴围脖”；好媳妇则拿围巾追出来送给他叮嘱以后别再忘；而聪明媳妇则把围巾藏于身后，追上去让他猜出忘记啥了。同一件事情的三种处理方式的效果可想而知。

四是要有才。才，是对当个好媳妇锦上添花的要求。现代社会要求女人必须有才，有才是在社会上的立身之本，才越高对社会贡献越大。当然人人希望找个才高八斗、收入丰厚的媳妇，但对当一个好媳妇这并非必要条件。相反，在传统观念中，媳妇的首要职责是维系社会细胞——家庭的良好生态，如果她太专注于某项事业，势必削弱对家庭的有效经营。文中所叙，贾先生的媳妇算是德才兼备，情貌俱优，无可挑剔。但她并不是虚构的好人，而是生活在我们身边的一位平凡而伟大的中原女性。“为人妻表”，她不仅是所有女同胞的学习楷模，也是我们须眉之辈的敬重偶像。我们应当为她唱赞歌！

偶读《抱朴守拙》，确实喜出望外，首篇未尽就觉有话想说，不吐不快。只可惜后来突然另有急务，不敢分心，一忙数月，直到年假回洛，方能重温佳文，如饮醇醪，如品珍馐。

玉润之美

——读散文集《抱朴守拙》有感

刘　楠

古人讲究金玉良缘，总是在苦苦追寻。在我看来，贾总编与嫂子的结合就是金玉良缘。

金乃贵金属，有话说“是金子总要发光”，金光芒四射，灿烂无比。而玉为硬石，天然之玉石，无须雕琢，便是珍宝。

金的光芒要用玉润来修饰，玉的润度要用金光来提升，贾总编与嫂子的金玉良缘真真儿让吾佩服又羡慕，就差嫉妒恨了。

2015 年 3 月初春，天寒乍暖，上海已绿意盎然，洛阳、安阳培训班相聚在学府复旦，一个月的相聚，贾总编如同睿智大师，指引着我的思路，有缘相聚，幸事哉。临行之前那晚，吾按照喝酒的规律，从扭扭捏捏到见人碰杯，从说“我不会喝酒”到喊“我没醉”，豪放一晚，第二天上午横在床上天旋地转。不过，当晚最难以忘怀的是总编的开场词，把一位大师的智慧、风度，带着一丝的小狡黠，都淋漓尽致地表现出来，不知道吾钦佩的眼神，总编注意到了吗?

拜读了总编所著《媳妇》，嫂子的形象跃然纸上，有飞去洛阳拜见嫂子的冲动。正如总编感叹，嫂子是好儿媳、好媳妇、好妈妈、好嫂子、好舅妈。对于我来说，嫂子是我生活中学习的对象，比如嫂子的绝活饺子，看一遍流一次口水，我已经痛下决心买菜、切菜、盘馅儿、和面、擀皮儿、包饺子、煮熟、盛盘儿和吃饺子了。其实，我除了吃，啥也不会做。正题是，嫂子的玉润之美和大家风范影响、感染着家族的每一位成员，这种玉润之美让家里人都觉得嫂子好，讲公道，能顾人，觉得嫂子就是当大嫂、大姐的料儿，能把大家的心聚到一处。这种玉润之美让朋友们感到温暖和煦，觉得跟嫂子相处没有弯弯绕绕，觉得啥事到了嫂子那儿都能化解开，让总编赢得更多真性情、真朋友、真帮助。

文章一开头提到，总编对婚姻的态度是认真又应付的，认真源于对伴侣、对生活的执着，应付在于急（不过这种急也是孝敬父母的急）。在缘分的牵引下，总编认识了嫂子，嫂子也对总编一见钟情，战胜阻力非总编不嫁，这是什么呢？这就是双方的魅力所在。现代家庭起源于婚姻，在婚姻中的夫妇爱意，是一个家庭兴旺发达的源泉，这种爱会产生对双方老人的孝敬，对兄弟姐妹的包容，对子女的成功教育，这就是爱的定律。作为一个男性，总编，您娶到嫂子做媳妇，从一开始就成功了。

但是结合之路并非一帆风顺。岳父母家刚开始有一点点小阻拦，但是请理解，这很正常，一来老人都担心自己的闺女，二来是想考验准女婿的心意诚不诚。结婚当天充满了喜庆的氛围，我看了心里也跟着喜气洋洋、暖暖和和。嫂子现在很美，年轻时的嫂子肯定更美，新郎又精神又帅气，新娘美丽端庄，天造地设的一双！

丽霞这个人物，肯定也牵动总编的不少回忆吧？谁年轻时没有冲动？谁年轻时没有后悔呢？又想到人与人的相处，投缘，对眼儿，或者是感觉不错，大学时候的师妹，教书时候的丽霞，总编回忆起来，也许无法再有波澜了。我总相信，命运之手不会安排任何人无缘无故地出现在生命里，正因为有这两位人物的铺垫，总编与嫂子的相处过程中应该更有层次感，感悟也更深刻，也更加珍惜这份情缘。

我没有生活在农村的经历，对于村里面半个村都是亲戚，吃饭都要唠半天话儿，看着门口的小路晒晒太阳的日子，觉得很美。对于农村里办喜事的场面，我觉得真的是太热闹了。文章提到了盖院落的辛苦，总编驾着架子车，总编的弟弟妹妹牵牛，拉两三块石头得用两三个钟头，每天也就是两三趟，艰辛难以想象。不知道您有没有这种感觉，西方有句话叫没有痛苦就没有收获。曾经获得奥斯卡奖的电影《阳光小美女》中，有这样一段台词：唯有痛苦得到教益，欢乐的事情一瞬过去，什么也留不下。人生之路，正是好的或坏的过往打磨了现在的自己，任何人都是如此。

但是岁月的打磨，留给总编您的是成功且筋骨坚实的人生。最成功的是有一位好媳妇。您看，嫂子孝敬老人。您在您这边是老大，嫂子在她家也是老大，大嫂、大姐应该是什么样子？要孝敬老人，尤其是孝敬男方家的老人，一个家庭如果能娶到一位好媳妇，那可真是福气。我本人也是媳妇，也是家里的独生闺女，将来也是两个儿媳妇的婆婆，切知道这孝敬男方家庭老人的重要性，这关系到夫妻和睦，家庭幸福，子女言传身教，只是我在这方面做得很一般。嫂子是我学习的楷模，对公公婆婆真心实意，出力出钱愿意让老人吃好、住好、心气好。总编您在家里操不到的心，嫂子都能操心到，在孝敬老人这方面，我觉得嫂子比您更体贴周到。

文中描写了嫂子与外婆的感情。我也从小跟我的姥姥感情非常深厚，乃至只要现在遇到什么事情，不论是工作还是婚姻不顺，心里有事，总是会在梦中看见我的姥姥，准得很。一次与孩子爸爸不睦，竟然梦到我姥姥在批评孩子爸爸。所以我能够理解嫂子与外婆的感情，也看得出嫂子是极重感情的人。

总编为人仗义，朋友众多，身边有美女是正常的。如果把男人比喻成天空飞翔的风筝，女人的感情则要像拉动风筝的线绳，智慧的女人控制线绳要松紧有度，风筝才得以飞高飞远，但线绳始终在女人手里。嫂子就是个杰出的智慧女人，除了总编爱岗敬业，远离风暴，嫂子给予的信任就像风筝线绳的“松”，而家庭财权牢牢抓在嫂子手中就是风筝线绳的“紧”。松紧有度，风暴也不会刮到身边来。

玉之润，玉之韧，温润之光泽，温暖着每一位有幸看到《媳妇》一文的人，我佩服嫂子的孝敬，佩服嫂子的大气，佩服嫂子的智慧，佩服嫂子的手艺。

一个家庭的幸福，一个大家族的兴旺，就是对女人最好的福报！

答贾海修兄赠散文集《抱朴守拙》

胥　琰

触手浑金镶璞玉，贾兄才调白云低。
德传良友争传德，妻美夫君竞美妻。
温润亲情萦梦寐，芳菲世象入花畦。
性情真率高风义，曾与深斟听曙鸡。

注：“贾兄”句出杜牧“贾生才调更无伦”；颔联指书中为朋友同道立传传德，古代邹忌有“吾妻之美我”句，海修君反其意而用之，作长篇纪实散文《媳妇》；尾联指曾与作者对坐把酒至黎明一事。

2015年12月2日

《抱朴守拙》评语选辑

拙作《抱朴守拙》问世以来，没有想到朋友们自发地写了很多书评、很多短信评语及微信评论。书评评得很有分量、很有水平，已见诸《工人日报》《郑州日报》《洛阳日报》《洛阳晚报》《洛阳商报》等，作者有教授、博士、党委书记、企业家。评语、评论也犹如雪片飞来，观点虽见仁见智，但评风如同书名，抱朴，守拙，中肯，实在，令人感叹和佩服。为纪念之，特抄录如下，供朋友们参阅。一些评者名字未能照录，还有遗漏，也请见谅。

洛阳市卫计委王豫涛：又把海修的书看了一遍，重看可能是因为看一遍不过瘾，“可能”源自不自觉。海修有大家风范，这不是恭维，在我印象中只有大家敢于拿身边琐事作文章，比如鲁迅先生，比如沈从文先生。人人身边都有故事，各有各的精彩，但是只有海修作了文章。我不是喜欢恭维别人的人，之所以大加赞扬海修，是因为很是佩服他的洞察力，他用他那双“色色的”、聚着光的小眼，诠释了媳妇的善良、女老师的漂亮、女同学的羞涩、女学生的美丽、女同事的聪明、女孩子的乖巧。他的文章虽朴实无华但色彩斑斓，他将他的喜怒哀乐浸润其中，感到遗憾的是虽畅快但不淋漓！对情感的叙述让人有犹抱琵琶半遮面之感，这也许可以解释为何看了不过瘾。也许文章中深层次的故事只有同学相聚时才有爆料。我期待！

焦作师专蔺莉平：海修兄：书还没读完，已十分感动，以媳妇为主线展现的是一个家庭，娶了媳妇生了娃就开始了上有老下有小的生活，父慈子孝，妻贤家安。妹敬佩哥的担当和嫂的大气，兄嫂是父母年老的依靠，为弟弟妹妹树立了榜样。看到兄把很多家乡的土话写到文章里感觉很亲切。

栾川县农机局张宏伟：拜读《媳妇》，感慨良多。家长里短，琐碎平凡，字里行间，情意绵绵。媳妇形象，靓丽知性，孝顺高尚，跃然纸上。语言生动，活泼流畅，娓娓而谈，可谓典范。读之思之，启迪心智，模仿学习，适做教资。反复揣摩，细细品味，爱不释手，是为心得。

洛阳日报社任利灿：领导赠我他的新作——散文集《抱朴守拙》，我便迫不及待地读了几篇。以前读过他的长篇小说《玉色瑗姿》，引人入胜，因此充满期待，想看看不同文体的不同精彩。初读之下，感觉如行云流水，酣畅淋漓。在办公室人来人往，诸事冗杂，于是带回家细品。放在卧室床头柜上，每天睡前醒后读几篇，非常惬意。媳妇见了，问我啥书看得那么有劲。自豪地回答：“我们领导的大作，真心好看。特别是第一篇《媳妇》，你真该学习学习。”媳妇一听来了兴趣，就拿起来读。不料这一拿起来就放不下，“霸占”去，非要读完再还我。没几天，媳妇读完了，谈了感想：领导笔下，无论家人朋友同事，没有一个丑人，都是帅哥美女，没有一个坏人，都是善良真诚的人。这说明作者心态阳光，挖掘了人性美好的一面，读他的书，觉得生活真美好。我正要接着读完，上小学的儿子又抢走了，他津津有味地读了几天，还以此作素材写了一篇作文，其中就有伯伯《悲催的记性》里的“茶杯风云”。我读完细思，觉得事真、理真、情真，再加上媳妇说的善、美，就是真、善、美俱全，真是字字珠玑的好作品。

偃师市林业局马继伟：《媳妇》看完了，真的很棒！虽说写的都是家长里短的小事（仿佛《红楼梦》），但线索清晰，内容丰富，形象饱满，文风淳朴，细致入微，感人至深。为兄有这样的好媳妇感到欣喜，也为嫂子有你这样的才子丈夫而感到庆幸！当今社会，就缺这样的好人和这样的好作品。弟兄们为你和嫂子点赞！

洛阳市文物局余杰：中秋节以来取书者不少，与“朋友老多”的概念不符，与前年争相购书的情景也不符。有朋友说，人心浮躁下看点书，甚好。愚以为，此言对极。

洛阳市文物局余江宁：因时间关系，贵作我已粗为拜读，已为贤兄之笔力、情怀、才思和坚毅坚持等折服，正所谓兄之所历所感皆成佳作，一思一议都是宏论。下一步当深入研读，定当获益良多！

洛阳建机公司何宏：下午无事，捧起大作《抱朴守拙》，一气阅读五十三页，不忍释手！文风质朴，文字平实，把生活中的点点滴滴串联起来，再如同唠家常般地娓娓道来，充满着浓浓的亲情、爱情和乡情，让人读起来很快就入情入景，并且时不时就会带着我们感动。这真是一部极具感染力的好作品。同时一个更加丰满美丽的媳妇形象也矗立在眼前！

河南日报社李国英：《抱朴守拙》着现实主义的外衣，寓理想主义的灵魂，小处着眼，大处绽放，亲情、友情、爱情跃然纸上。笔端叙长短，行文诉情怀，朴素、平实、真挚、感人，不失为近年来洛阳散文界之优秀作品，值得一读。

孟津县纪委朱俊杰：这些天认真拜读了您的大作，可谓荡气回肠、醍醐灌顶、韵味悠长，边读、边思、边品，仿佛与您对话、和您深谈、同您共鸣，思想是多么博大，思维是多么细致，思考是多么深刻！一篇文章是了解，一本书是重识，再本书是神往。孩提童年，同学同事，领导朋友，家庭社会，单位官场，人生百态，大彻大悟，至善至真，为人处世，境界胸怀！是师，是长，是友；慢读，慢品，慢悟……感谢有缘与博深大气的贾主任相识、与美丽贤惠的贾嫂相识！

洛阳晚报李琦：一本好书，真情、真意、真心、真实，自然、自在、自由、自我，果真值得认真一读，反复回味。

洛阳市委组织部张冰冰：《媳妇》读来情真意切，感人至深，有妻如此，夫复何求！向嫂子学习！

文化学者沙宇飞：“金毛师王”的《抱朴守拙》，几近通读，并非附庸应景。看后跟朋友聊，说他真敢写、真能写、真的写。本人不才，只是对阅读有些心得，好书赖书，可看可不看，未尝先嗅，味道不对，便束之高阁，确实有些挑剔。《抱朴守拙》，真心建议群友读下去。该书最大看点是朴和拙。文字就像牙庄村地里熟透了的苞米粒，老到，筋道，有味道。在文字的缝隙里，你可以窥到作者清瘦的形象，合上书，形象亦会消失，抹不去的便是作者独有的精神油彩，这油彩好似邙山脚下混杂着笑声与眼泪的黄土。朴的本质是真实，拙的本质是智慧。这种朴，真实如卢梭；这种拙，智慧似诸葛。整部书的背后其实是另一个作者的影子，而不是你看到的刚拔了智齿的“金毛师王”。

洛阳杂文学会会长刘彦卿：昨日拿到《抱朴守拙》后，连夜拜读，感觉甚好，尤其是《媳妇》那篇，读后感叹不已。咱俩同龄，经历十分相似，我虽没你官大，但也有个好媳妇，只是从未想过要给媳妇写点什么，惭愧惭愧！从兄身上学到不少东西，结识您甚感荣幸。

洛阳市涧西区法院戚宇红：哥一穿白衬衫，的确像个“官”。这两天没上班，把书读了一遍，哥爱意在心，字字溢情；嫂子“形象”太好，让妹“恨死”嫂嫂。窃以为哥太偏心，以后创作当以兄弟姐妹们为中心。

洛阳市商务局牛驷：急切取了哥的新著，如饥似渴地细读，写得真好，愉悦了心灵，长了知识，更深入地了解了哥的人品心性。

洛阳市高新区法院郭春红：感觉文笔细腻，语言朴实，表达真切，情感丰富，既栩栩如生又不失严谨细密，确实是本好书！

河柴集团董华：刚看完《媳妇》，写得真好，看到写结婚时烫的头发，自己笑了老半天，想起你当年的样子。皮肤白皙，两只大眼睛忽闪忽闪的，师娘的样子跃然纸上，记忆一下子就回到了几十年前了。

洛阳市人社局李帆：秋日，静下心来拜读海修兄佳作《抱朴守拙》，被朴实的文章深深地感动了。特别是读了《媳妇》后。嫂夫人的美和善及兄的真情，是世上最美的乐章！我把故事讲给您弟妹听，说“我也有想写媳妇的冲动”，您弟妹说：“还是别写了，贾社长夫人那么朴实完美，谁还敢再写媳妇？”

宜阳县委办贾登奕：中午一口气读完《媳妇》，文笔朴实，人物形象生动，看完对嫂子多了好感和敬意，后面的还没来得及看，先给你发个读后感。

西安日报社赵高斌：看了《媳妇》，文笔朴实，叙述流畅，嫂子是可敬的，嫂子是值得学习的，有机会我要认识嫂子！随后我会把这本书推荐给我媳妇看，让她好好向嫂子学习。

洛阳日报社郭金龙：这两天有点空闲读了《媳妇》及其他部分文章。我非常欣赏他的“媳妇”！首先是这个媳妇从外貌到心灵美得让人无可挑剔！上得厅堂，下得厨房，知书达理，识大体顾大局，贤惠孝顺宽容……可以说集所有美德于一身，堪为东方美女的典范！贾社长有此美妻，应是他今生最大的福气！我不仅欣赏“媳妇”之美，更欣赏贾社长《媳妇》一文的艺术技巧，把写小说的手法运用到散文写作中，使散文具有极强的引人入胜的故事性，那么长的散文不但让人读起来一点儿也不感到冗长拖沓，而且让人不忍释卷想一气看完。更让我欣赏的是《媳妇》一文的语言艺术，风趣、幽默、俏皮、活泼、灵动、智慧……独具个性的贾氏语言在该文中运用得淋漓尽致，为“媳妇”的美锦上添花！

洛阳日报社王继辉：老兄是山化建制以来，著作至伟者，在偃师也居前列。文章千古秀，山化的骄傲！

洛阳市质监局王民学：新作又让弟通宵未眠，与上一本一样，爱不释手啊！

洛阳大鑫律师事务所冯涛：第一时间去求书，然后第一时间捧读。在《老者愿做上钩人》一篇中，没有写哥的名字而代用律师之称，维权过程省去略显遗憾，不过可能认为哥可以代表律师或者是律师代表，又感到自豪。总之，非常喜欢读你写的书。读后，感觉朴实、亲切、自然。像和老朋友聊天，同时，也能感受到你极深厚的文学修养，让人获得美的艺术享受。之前读过贾兄的一个长篇，味道很泥土，人物很独特，乡情很浓郁。此文集有 5 章，除跋与附记共 91 篇，篇均 2600 字，而且标题新颖，炊烟缭绕，情感细腻，思绪空灵——家事、公事、国事面面俱到，父母、兄弟、师长字字情长，祖母、憨娘、美女个个活鲜。

如果你对贾兄还不了解，窥此文集便知三观，品其文字可赞三才。

洛阳市水务局赵雪凡：已经取回了您的大作，回来的路上便开始拜读，读了一部分了。很佩服，文如你人，自由随性，真实生动，读起来亲切有趣！看来贾作家不假！

佚名：理想的散文“乃得语言自然节奏之散文，如在风雨之夕围炉谈天，善拉扯，带情感，亦庄亦谐，深入浅出，如与高僧谈禅，如与名士谈心，似连贯而未尝有痕迹，似散漫而未尝无伏线，欲罢不能，欲删不得，读其文如闻其声，听其语如见其人”。

看完老兄的《媳妇》，不能不点赞，真好文！现在的文坛很浮躁，加上本人眼睛昏花，很少认真看书看文。但兄文一看便放不下。人吃五谷杂粮，谁也难抵一个情字，满篇真情实意，无做作，无呻吟，更不炫技，行文如山泉叮咚，如何不让人痴醉……无拍马之意，有感，不吐不快……

附：

为什么要写《媳妇》？

《抱朴守拙》出版后，有很多朋友一直问我为什么写其中的《媳妇》一文，还有朋友开玩笑说我会哄媳妇高兴。

我为什么要写《媳妇》呢？真的是为了哄媳妇高兴吗？

说句实话，一本书能影响朋友们的生活，而且比较久比较深，完全出乎我的意料。也许是应了书名《抱朴守拙》，也许是我真该早些写这本书。

书名中的“朴”，就是真，就是本色，“拙”就是笨，就是自然。为什么写它？是因为我常常被媳妇感动着，感动于她对我的父母，对我的家人，对她的父母，对她的家人所做的一切。因为，相比之下，我有些卑劣和不孝。生活中，有相当多的媳妇对公公婆婆及其家人不好。但在媳妇身上，孝顺这一点体现得几乎是完美，是一种善良至极的完美。这一切让我的家人对她产生信任和依赖，也教育着我要善待家人，孝顺爹妈，善待朋友，也使我的性格向好的方向发展，不再那么倔强。去年年初，适逢媳妇退休，我总觉得应该做点什么，也算是报答。因此，才写了《媳妇》，出了书。

朋友要书，或送朋友书时，我都曾劝他们把书看完再评论或再谈感受。书中的“媳妇”自始至终都没有出现名字，涉及其他人时也只有我的家人出现全名，堂兄堂弟及媳妇的家人，也只是代号，并未确指。因为，我只是把“媳妇”当作一种符号，当下中国贤惠媳妇的符号，当作一种象征。当下中国美丽媳妇的象征。也就是，你贤惠与否，就以她为准；你美丽与否，就以她为样。你们也许说我在夸“媳妇”，我只是在赞她，而没有夸她，因为赞发自内心，夸有夸大的成分。整部书中涉及《媳妇》的篇目章节最多，却没有一篇一目、一章一节有夸大夸张的语句细节在内。媳妇的贤惠，接触她的人皆知，我母亲对她的信赖和依赖，也是令人信服的证明。其实，媳妇是否贤惠，不仅体现在她如何善待她的男人，更重要的是体现在她如何孝敬公婆。生活中更多的媳妇是，对爸妈很亲近，对公婆很疏远，对爸妈很宽容，对公婆很挑剔。文中的“媳妇”对公婆亲如爸妈，而且从不做作，一切朴实自然，且自始至终。当然，她也赢得了公婆的喜爱和尊重。这样的媳妇，我们如何不去赞美？我们为何要去遮遮掩掩？为何不能大张旗鼓地去学习？

朋友们如果能把书从头看到尾，包括《媳妇》，如果只是作为旁观者，你们会感觉到，这本书都是善意的，弘扬的都是正能量。即使其中个别章节只是简约叙述，但落脚点依然是和谐的、温馨的。书中写到了家事纠纷，以前之所以有争吵甚至纠纷，书中明说，不是物质财富的争执，只是为了一些名分的争取。其实，类似的一些事都在我们身边发生。我们都是当事人，概莫能外。看似一件小事，搁在谁的身上，可能都会去争。不争，也是与自个儿身份不符。争的过程呈现出争和吵，但最后又回归平静，这既是相互妥协，也是善良本性决定的。也许朋友们会说，不写这件事不行吗？你们应该知道，传记文学离不开写人叙事状物，如果再虚构一场家事，没有必要，朋友们在读时也总会寻找自己的角色并对号入座，若感觉不好就自怨自艾，怨天尤人，这其实是自寻烦恼。所以，与其虚构，还不如如实记述家事，虚其名，留其真，寓事理，喻人生。我相信，我们十年后看那些事，即使当事人也只会莞尔一笑，笑过去太过较真，笑自己太过执着，不会太放在心上的。

我曾劝朋友们没事多回忆身边人的美好。我写《媳妇》，也是一种回忆。我回忆那时的细节，也常常被那些细节那些人所感动，整个身心也都浸透在温馨幸福当中。在此，我也建议朋友们都能各自回忆上学以来尤其是结婚成家以来的琐事和细节。如果能够这样，朋友们就会从中悟出点什么，就不会再为生活琐事而纠结，就会笑对人生，笑对生活。

第四辑

语·录

不写散文不写诗，
励志语录寄心知。
心知接了颠倒看，
横也思来竖也思。

明心篇

.1.

所谓细节便是，你对达官显贵和保姆乞丐持一样的心，呈一样的笑。不以物喜，不以己悲。你拥有一颗悲悯的情怀于万事万物。你保持品行的高贵却又于高贵处平凡得一如脚下的泥土。

写至此我想起奥斯卡·王尔德说过，有许多品德美好的人，如渔民、牧羊人、农夫、做工的人，尽管他们对艺术一无所知，但他们，才是大地的精华。

在我看来，树有树的尊严，人有人的品性，鱼有鱼的逻辑，世间万物自有其各自的行为规则和尺度。而人的质地，却并不在于是不是有外表彰显出的所谓文化和所受过的教育。

无论从事哪个行业、处在哪个阶层，都能从细节上甄别出某种做人的基本质地。细节，永远能折射出人性的闪光或晦暗。

.2.

拒绝是不需要解释的，解释得越多，越容易给别人造成错觉：你是故意拒绝我，或者你故意抬高身价，想让我不断求你。

有人要你帮忙，你不说自己帮不了，而是说今天比较忙，到了第二天，别人又提出来，你说明天再说，第三天，人家要请你吃饭了，你说我真帮不了，那人一定会勃然大怒：你帮不了早说啊，浪费表情，耽误时间。

拒绝别人不干脆，还有一个原因是我们害怕给朋友留下薄情寡义的印象。其实，世界上绝大多数人之间的交往，根本上升不到情义的高度，而是在规则之中运行，规则是检验靠谱的唯一真理。能做就全力以赴地开心去做，不能做就第一时间通知对方，是成本最小的人际交往规则。

别人选择了你，而你干脆地拒绝，是把选择权交还给对方。

.3.

要做一个乐观的人。《周易·系辞上》说："乐天知命，故不忧。"孔颖达疏："顺天道之常数，知性命之始终，任自然之理，故不忧也。"乐天知命，就是乐从天道的安排，安守命运的分限。

人生不如意事十有八九，不可能事事都顺。日子总是在向前，乐也一天，烦也一天，不如多看看生活中美好的一面，让自己快快乐乐地生活。

苏轼的一生颠沛流离，命运多舛。他一再被贬谪，甚至下狱。然而，豁达的苏轼无论在什么样的逆境下，都不唉声叹气、怨天尤人。无论处在何时何地，他总是保持浓郁的生活情趣，登山览胜，临渊赋诗，总是努力寻找人生的快乐，乐天知命。

.4.

饭桌见人品，很多细节早已暴露了你的真相。有人说，男人婚前对待服务员的态度就是婚后对待老婆的态度。此话虽有点极端，但无论在商务饭局还是私人饭局上，你怎么对待服务员，反映的不仅是礼貌和教养，还有情商。

对服务员一味地指责和威胁，可能会让上菜速度变得更慢，而高情商的朋友会这么说：“小姑娘，你看你这么漂亮，又这么麻利，一定能让我们的菜更快端上来对吗？谢谢你！”鼓励和赞美对任何人都有效。这时你展现给他人的，是轻松解决事情的能力。

能够考虑别人的感受，选择让大家都方便的餐厅，考虑点的菜是否适合大家的口味，安排舒服的座次……一位礼仪师曾经说过，她的母亲曾经教导她，当她请人赴宴时要细心配合宾客的吃饭速度，在宾客尽兴吃完之前不可以放下筷子，因为一旦主人停筷，客人也不好意思继续吃下去。体贴和周到，藏在每个细节里。

.5.

翻开一本书，生活真的能慢下来，既能撷取到智者的营养，也能看到那一罅阳光里慢然悠然的尘埃，穿透着一种与自然对话且充满着哲学品质的况味；更能品味到绿叶悄然的伸展和雨滴悦耳的叮当，这是一种天然的调剂，能涤除我们的疲倦和莫名的慌张。

在慢生活里，更能欣赏到上苍带来的恩赐：明媚的阳光、皎洁的月色、悠悠的云朵、美丽的绿叶、艳丽的花儿、潺潺的清溪、啁啾的鸟鸣、庄稼的歌唱……在这样那样言之不尽的美里，我们更能面对自己的灵魂，去思考生命的本质……

不用刻意去营造，翻开一本书，阅读它，当下就营造出了难得而宝贵的慢生活，这是一杯在绵延岁月里沉淀下来的醇厚的老酒，只轻轻地啜一口，就能点染并旋舞出生命的质感。

.6.

夜晚是阅读的好时光，一边在文字中行走，一边抛下白日里挤进心灵的琐碎杂务。生活磨砺出的角质层得到修复，一颗心变得轻盈，可飞至天之涯、月之上、浩瀚无际的星空里。美妙而空灵的境界之中，清风为翼，星月相随，这次第，怎一个“妙”字了得?

李清照在《摊破浣溪沙》中吟道：“枕上诗书闲处好，门前风景雨来佳。”这是易安居士晚年的一首词，作于病后休养中。因个人及国家的遭际，她后期的作品大多沉郁、悲戚，独此首作得平淡闲适。病中得了闲，虽卧床不起，却可随时枕上翻书、家中观景，由此发现因病闲居的好处。

对于闲适的向往，人们从未停止过，唐代诗人李涉有诗云：“偷得浮生半日闲。”一个“偷”字，足见“闲”之难得。古人在慢节奏的时代尚且发出如许感叹，何况今天? 生病固然由不得自己，词人却有了别样的体验，“枕上诗书闲处好”，一声感慨，跨越千年。

.7.

读书这件事，就像时间一样公平。再富有的人也要变老变丑，再贫穷的人也可以阅读。

当你腹有诗书、胸有成竹，你就不会去羡慕别人的生活，你会懂得“你站在桥上看风景，看风景的人在楼上看你”的深层寓意。

当你饱览群书、看尽人间百态的时候，你会明白，生活有很多种方式、很多种可能，不管境遇如何，都能泰然处之。

多读书吧。愿你看到落日下的美景，想到的是“落霞与孤鹜齐飞，秋水共长天一色”，而不是“哎呀妈呀，太美了”。愿你看到长城，想到的是“雄关万里、固若金汤”，而不是“长城真长啊”。

一张木桌，一杯茶，一本书。如此简单，却那么惬意。

.8.

漫长的人生路，我们好像要走很久才到终点。可是细算下来啊，活 100 岁，这一辈子也才三万多天。

你走在大街上，阳光洒落你的肩头，风从远方赶来拥抱你，你爱的人也在你身旁。你没有失去自由，你还是年轻的容颜，你还有很长的路可走，还有很长的思念可说。这就是平凡的生活。

唯有珍惜，因为一切都是馈赠。

.9.

原来旅行并不需要远行，它甚至都不需要你离开自己居住的地方，因为旅行更多的是一种心态，一种开放、好奇和探索的心态。而一旦有了这种心态，不论你在哪里，都能感受到每一天是鲜活的。

领悟到这一点之后，我开始尝试从一些生活小事中体会巨大的喜悦与乐趣。

比如我仔细逛了逛家门口的那条小巷子，我惊奇地发现了很多有特色的小店和餐厅，然后我会约上母亲一起，去品尝一些新鲜的菜品，去唠唠家常。晨起跑步的时候，我看见道路两边的合欢花开了，看着每一朵花不同的姿态与色彩，我会感到莫名的兴奋。吃过晚饭之后，我会陪同家人散步，就在居住的小区里，我们发现了很多以前不曾留意的景致。

原来每一天都有不同的东西等待我们发现，我们唯一要做的事情只有一样，就是尝试放慢自己的脚步。

.10.

学着去“偷时间”，你会感受到其中的乐趣。你会惊奇地发现，时光如水流，不去珍惜，它只会荒废，一旦如拾珍宝般去爱它，它一定会给予你最正能量的回应。

当你用“偷”去形容内心的珍惜之情时，多半是因为内心是愿意去做这件事情的。

黑夜过后，凌晨未明，世界都在酣睡，唯有那些偷着与时间赛跑的人会准时醒来，他们在世界的角落里，默默地努力，做着自己想做的事情，感受着充实带来的满足感。或许他们从不会高声说出自己的梦想，但他们真的正走在梦想的路上。

我愿为每一个偷时光的人鼓掌，我愿致敬每一个与时间赛跑的人。此时，每一个偷来的时刻，都是最美的时光。等以后再回想时，或许之后所有的成败，都抵不过那时努力所带来的欣喜若狂吧！

.11.

人人都说，下班后的八个小时决定我们的人生。可是，细细数来，我们下班后的生活，再也数不出充沛的、美好的、专心致志的八个小时，却只剩下了“看剧、玩手机、买买买、网聊……”

每个人都像网瘾少年一样，将手机里的视频刷到无可再刷，将朋友圈里的消息看了千遍万遍，却忘了年轻的我们最应该做的事其实是“瞎折腾”。

我们抱怨，抱怨生活的无趣，却忘记了如何去创造生活的有趣；我们吐槽，吐槽人生的艰涩，却忘记了如何去平缓人生的艰涩。

因为一根网线，我们越来越接近这个世界上的新闻，却越来越远离真正的自己。

.12.

“慎独”一词，最早出自儒家著作《中庸》一书：“莫见乎隐，莫显乎微，故君子慎其独也。”

这里所谓的“慎独”，就是在别人看不见的时候，也能慎重行事；在别人听不见的时候，还依旧保持清醒。

独处时最能显现出一个人的本性，一些不经意的小动作往往体现了一个人的素质，一些最微小的细节常常能够折射出一个人的灵魂。

.13.

清朝康熙年间有个大学士名叫张英。一天张英收到家信，说家人为了争三尺宽的宅基地与邻居发生纠纷，闹到官府，要他利用职权疏通关系，打赢这场官司。

张英阅信后坦然一笑，挥笔写了一封信，并附诗一首："千里修书只为墙，让他三尺又何妨？万里长城今犹在，不见当年秦始皇。"

家人接信后，主动让出三尺宅基地。邻居见了，也主动相让，最后这里成了有名的六尺巷，这个化干戈为玉帛的故事流传至今。

生活不是战场，无须一较高下。

人与人之间，多一分理解，就会少一些误会；多一分包容，就会少一些纷争。

.14.

处理棘手的事，宜宽。"宽"指的是心态，放宽身心，勇于接纳事情的好坏；事情越棘手，越该宽容接纳。

塞翁失马讲的就是这个道理：一天，老人的马跑到胡人那里去了，人们安慰他，老人很平静："这怎么不是福气呢？"后来，那马竟带一群骏马回来，众人前来恭喜，老人说："这怎么不是灾祸呢？"

家有好马，儿子爱骑，从马上摔下折了大腿。众人前来安慰，老人说："这怎么不是福气呢？"过了一年，胡人进攻，身体健全的男子从军，大多战死。老人的儿子因为瘸腿免了从军，性命得以保全。

遇事难有圆满，因此不必处处计较，而是在看到事情不好的同时，也要领悟到好的一面。有得有失，有失有得，无须动气。

.15.

听一个专家讲课，她功力深厚，语言幽默，结束时说“我不知道自己是否讲清楚了”。我平时听到的和我自己常说的是“你们听明白了吗？”她却把责任往自己身上揽。

说话一般要以对方为中心，但凡是涉及双方的事，责任往自己身上揽，权利让给别人，是原则。讲课内容我已经忘了，但是她低调谦逊的大家风范却一直留在我心中。

夫妻俩吵架，闹到快要离婚的程度，只因一句话。妻子把水杯放在桌边，丈夫走过碰碎了。妻子张口就训“你没长眼啊”，丈夫回“都怪你放的不是地方”。假如妻子的话是“是我不好，放错了”，丈夫回“是我不小心”，一场干戈便会消于无形之中。

与一些人对坐，如沐春风，不知不觉你就接受了他的观点；与一些人对坐，如芒在背，如坐针毡。忠厚老实人的恶毒，像米饭里的沙粒或者鱼片里未净的刺，给人一种不期待的伤痛。

改变思想的第一步从改变语言开始，然后改变行动，养成习惯，直至改变性格。好性格是幸福的基石。

.16.

归有光在《项脊轩志》里写道：“借书满架，偃仰啸歌，冥然兀坐，万籁有声，而庭阶寂寂，小鸟时来啄食，人至不去。三五之夜，明月半墙，桂影斑驳，风移影动，珊珊可爱。”

归有光虽穷，却能在自己的生活里“诗意地栖居”。月洒院墙，风摇影动，生活看似苟且，却满是诗意。其实，你总以为自己在眼前的苟且里挣扎，假如暂时没法走到远方，那就去发现生活里的乐趣，属于你的诗和远方正在等你。

找到自己现实的位置，解放出一个自由的心灵。有乐趣的人不会担心生活的苟且，因为他们知道诗和远方就在眼前。

梦想篇

.1.

我想，只要足够努力、足够优秀，上天总会回馈你更多的惊喜和意外。时间都是不多的，但只要我们能牢牢抓住该抓紧的时间，还是能做很多事情的。所谓的没时间，只不过是我们用来推托的借口。

如果你真的想做一件事，肯定会拼尽全力，怎么样都能抽出或多或少的时间来做。如果你说没时间，只不过是想偷懒，其实是因为你并没有自己想象中的那么喜欢。

希望每个人都能实现自己的梦想，而不只是说说而已。时间是能挤出来的，梦想也是可能实现的。

.2.

上天造就人类的时候，就把梦想的程序编进了生命。每天睁开眼看见明媚的阳光就阻止不了梦想的生根发芽，那是一种酷炫的感觉。最主要的是你相信它会实现，活在希望和期盼中的日子会凭空感到明媚。虽然渐渐明白这是一种遥远的梦想，但也正是这个梦想，改变了我对生活的态度，它让我坚信：活着就是为了遇见美好。

多少年，我们为了生活和所谓的面子，挣命在各种旋涡和目光里，有时候我想，是不是我们走得太快，忘记了最初的梦想？奔命向终点，却不记得人生的一路风景，想想这是多么悲哀和不值。

梦想不是让一个人瞬间伟大，而是让一个人拥有希望和色彩。梦想不一定能成就你的人生，但一定能丰富你的人生，这就是梦想的魅力所在！

你那么年轻，为什么要将坐拥的幸福拱手相送给岁月和时光？

.3.

我相信很多人都是这样生活着：从小就争当父母眼中的乖宝宝，听话，好好学习，然后渐渐成长，便随着家长的意愿报考那所谓很吃香的专业，报考公务员，去考研，去出国，一切都活成在他们眼中很好的样子。

除了父母，我们也在意着朋友眼中的自己是什么模样。有时候追名逐利，不是自己有多渴求，只是想能够在别人眼中不被轻视，能够融入世俗社会的大圈子。这样的我们太累了。

有时候，我们需要多一点的勇气，去勇敢地承认自己的不足，去勇敢地挣脱外界的束缚，去勇敢地追求心目中的自己。是呀，我确实没有他们好；是呀，我本来就是个笨小孩儿；是呀，这样的我确实没多大出息。抱歉，这样的我可能让你们失望了，没有活成你们眼中最好的样子，对不起。

但，至少我没让自己失望，没有辜负自己。我也许没能成为世俗眼中最好的样子，但我活出了最好的自己，谁又能说这不是一种伟大呢？

我要告诉那些关心我、爱护我、期待我变好的人，我一直在拼了命地努力。不必多高看，也无须多贬低，我们总会有绽放的瞬间，即使全世界都没看见。

.4.

这是一个不吝于谈论理想的年代，每个人似乎都有着一堆亟待实现的目标，但“理想”和“实现理想”之间，永远隔着一个沉默的行者。说话这事实在太容易，但做事却从来都难，与其做个口头上的英雄，不如先默默把第一步迈出去。

生活是件很实在的事情，如果你不去行动，你的目标永远无法实现。无论你口中描绘的理想多么辉煌，也只能自我愉悦一把，却并不能让自己真正胜出。毕竟靠嘴是永远无法实现理想的，只有脚才能不断延伸我们的路。

其实，仔细想想，要实现理想真的很难吗？你想去远方，现在就起航，每天做好手头的一点一滴，总有一天你会发现，你的坚持正在引领着你，朝着你向往的远方前进。

.5.

与其担心未来，不如现在好好努力。这条路上，只有奋斗才能给你安全感。不要轻易把梦想寄托在某个人身上，也不要太在乎身旁的耳语，因为未来是你自己的，只有你自己能给自己最大的安全感。别忘了答应自己要做的事情，别忘了自己想去的地方，不管那有多难、多远、多“不靠谱”。

当你在犹豫的时候，这个世界就很大；当你勇敢踏出第一步的时候，这个世界就很小。等到有一天你变成了你喜欢的自己的时候，谁还会质疑你的选择不靠谱呢？你已经变成更好的你了，一定会遇到更好的人的。你是谁，就会遇到谁。

重要的是，不管是做怎样的选择，都要对得起自己的内心。很多年以后当你再次回想起来，唯一让你觉得真实和骄傲的，是你昂首挺胸用力走过的人生。

.6.

任何人与事的成功都无法一蹴而就，每一阶段的抵达，身后都是一步一个脚印的积累。只要不急不躁，耐心努力，保持对新事物、新领域探索的好奇，就是行进在成为更好自己的路上。

好好花心思打点自己的外形，慢慢改善自己的生活态度与求知欲，跟上新科技、新技能的潮流，保持阅读与运动来丰富自己的内在。要相信，你所向往的优雅从容终将如期而至。男神女神所拥有的一切，你也终将得到。

慢慢来，请别急。生活终将为你备好所有的答案。

.7.

人与人之间最大的差别，其实不在于出身、相貌、学历，而在于他所面朝的方向。是不同的梦想，对未来不同的规划和坚持，把一个人变得安常处顺，而另一个人逐渐闪闪发光。在荆天棘地的人生道路上你能走多远，很大程度上取决于一路上你怀揣的那个梦想。优哉游哉，翱翔蓬蒿之间是一生；海运乘风，扶摇直上九万里，也是一生。

那些看起来遥不可及的神话，常常有一个平淡无奇乃至于举步维艰的开头。那些叱咤风云的人物，也曾像我们一样，在狭窄破旧的出租屋里过灰头土脸的日子。你凭什么觉得，自己不会站在世界之巅指点江山？你凭什么觉得，无论你付出多少努力，终究要落成一个普通的人生？谁允许你这样想的？

年轻，最重要的品质便是要善于创造并坚持梦想。不要看轻了自己，不要总去怀疑你是否配得上自己的梦想。为什么不反过来看看呢？你的梦想，它配得上你吗？

.8.

下多大的决心，有多好的规划，根本不重要。实现梦想的路子不是突破，而是积累。如果有特别好的习惯，每一天都整齐有条理，时间规划有序，根本用不上一腔热血去断舍离。

生活是不间断的连续剧，流水一样，无法抽刀断水。拖延给明天去完成的梦想，已经被证明多次不靠谱。实现梦想不靠未来，靠现在。

总有一些行动力特别强的人，他们既不做梦，也不瞎想，只是做而已。

为什么你听过这么多道理，依然过不好这一生？杨绛说，你的问题主要在于读书不多而想得太多。摩西奶奶说，许多人不是不知道自己要做什么，而是知道了，却什么都没能去做。

归根到底，什么时机、运气、理想、规划，想明白了一万遍，也不如动手做一点点。

·9·

很多时候都是这样：你相信什么，就会看见什么，就会遇到什么，就会成为什么。

你相信日子过不好，日子就很可能真过不好。你相信世间没有真爱，就很可能遇不到真爱……你的相信，未必一定应验，但常常对结果有重大影响。

你相信一株花会开，就会愿意悉心浇水施肥，最后它可能就真的开了。你相信这花不会开，就懒得管它，任其自生自灭，最后它可能就真的开不成。

你相信一份工作有意义，就会尽职尽责、全力以赴，就比较容易获得收益，这工作就真变得有意义。你相信这工作没意义，就潦草敷衍、三心二意，于是赚不了多少钱，也得不到提升，这工作就真没意义了。

事情的结果通常都不是注定的，有无数可能性，关键在于你朝哪个方向走。而你的认知决定了你的意志，你的意志又指引着你的行为，你的行为就决定了你的生活。

因此，如果你想要得到什么，只要是现实可行的愿望，就应该相信自己能得到。你的信念应该与愿望保持一致，这样才可能心想事成。所谓信心，就是一颗相信的心。它会给人勇气，给人力量，给人耐心。

所以，我们要尽量去相信美好的东西——相信真爱存在，相信生活很精彩，相信他人的善意，相信自己的能力，相信努力有意义，相信事情会变好，相信幸福会来敲门……

这些美好，你越相信，就越接近。

.10.

世界并非完全如我们想象，时间在加速，欲望也随之膨胀，人人期望与众不同，很少有人能沉淀下来以匠心对待生活。其实生活很敏锐，你是不是诚心待它，它一眼就能分辨出来，只不过有时候它选择装傻跟你一起演。你越浮躁讨巧越想得到，就距离目标越远；你默默振作一声不吭，惊喜就会悄然而至。所以，别去想天上掉馅饼，也别去看别人，我们的幸福在最大程度之上都取决于我们自己本身的选择和努力。做出了选择但不为之努力，可能会跌至低谷，从此泯然众生；把握住了选择又努力了，就是一次蜕变后的新生。

也许你正在经历左右两难的选择，也许你正囿于选择后的磨难，可谁敢说这所有看似残酷的更迭，不是你变得越来越好的凭证？从懵懂到睿智，从幼稚到成熟，当干练取代生疏，我们都在自己那条不容易的道路上脚步渐稳。

世上没有漫不经心的成功，每份看似漫不经心的背后都是深思熟虑的用力。而有些人用力，是用给别人看的；有些人用力，是用给自己看的。

.11.

很多人总觉得别人的生活比自己幸福，其实每个人一出生都是从零开始，除了自己的身世不能选择，其他都是不断选择的结果。没有谁一直是命运的宠儿，没有谁永远一帆风顺，无须妄自菲薄。所有的能力和才华，都是后天慢慢培养，逐渐积累。没有谁比谁更幸运，有的只是谁比谁更用心、更坚持。

真正的成功不在于一个人有多么聪明、多么机灵、多么幸运，仅仅在于他有多少坚持、多少努力。一个人若不肯学习、不肯坚持，即使再聪明再幸运也不会成功，自然不可能得到自己想要的生活。

我们每个人从孩提时代开始，总会有很多梦想与追求，有的因为家庭条件而没法实现，有的因为时间问题只能搁置。其实，你想要的，生活都会给你，却也要你付出努力。如果你对生活还有热情和追求，为什么不去完成这些梦想，过自己想过的生活，让生命没有遗憾呢？

.12.

什么是真正的热爱？真正的热爱是全身心投入的钟情，是充满幸福的幻想。过程即使酸甜苦辣，结果即使没有回报，也无怨无悔。

罗曼·罗兰有句名言：世界上只有一种英雄主义，就是看清生活的真相之后依然热爱生活。

学习当如此，事业当如此，爱情当如此，人生更当如此。甚至是那最平凡的柴米油盐里，其实也藏着你热爱生活的英雄梦想。心中有热爱的人才更能享受人生，不是吗？

真正幸福的人，懂得用热爱去拥抱自己的人生。

践行篇

.1.

所谓的认为没有用，认为付出没有回报，都不过是急功近利的表现——期待着某天上天突然赐我天赋异禀，就足以担当大任，却不愿意脚踏实地去学习去积累。因为觉得那样太耗费时间；而最糟糕的是，有可能学了很多，也依然什么都不会。

可是，我们本来就无法预料，自己此时做的事情，能够对未来的方向和路途有多大帮助。我们也根本无从判断，在达到自己想要的目的之前，到底哪些努力是必需的，而哪些只是无用功。

说到底，我们都不过是普通人，没有足够的睿智去替自己挑一条没有曲折的康庄大道走，只能在不断地尝试不断地试错中换得一点点的进步。唯一值得安慰的是，这个世界上，根本没有一无所获的付出。

不要在意自己的付出什么时候会收到回报。你只要确定，这件事是你想做的，那就足够了。至于什么时候能够真正修得正果，与其整日焦灼不安，不如顺其自然，多思考，多行动，总比无意义的迟疑和观望要好。

毕竟，我们所能拥有的，多不过付出的一切。

.2.

我们之所以这么穷，只是因为自己能力不行，既没有跟老板谈薪资待遇的筹码，又没有跳槽另谋高就的本事。

有些人有远见，进入职场以后，不断地充电学习，提升职业技能，能很快抓住机遇升职、加薪，他们不会穷。

有些人有耐力，能通过一段时间的积累、沉淀，掌握全新的技能，开发副业、赚取外快，他们也不会穷。

还有一些人，嫌弃工资低、待遇差，就干脆辞职不干，自己创业、做生意去了。经过几年的打拼，拥有了属于自己的一片天地，他们更加不会穷。

所以，如果你今天出头，一穷二白，日子过得紧巴巴的，恭喜你，这是生活在提醒你，该停下来冷静思考，掂量自己几斤几两，然后充电学习、提升自我了。

你越是陷入贫困处境，越要懂得变通，要想方设法地增加自己的技能，等你能力提升了、蜕变成功了，自然就能赚到钱了。只要你够努力，眼前所有因贫穷引发的尴尬都会成为奋斗道路上短暂的插曲。

别怕，二十出头的贫穷只是一个过渡期，二十出头的贫穷可以是最好的增值期。每一个普通家庭的孩子都是这样过来的。

.3.

以下这些方法，也许能帮你找到最重要的那件事。

第一，这件事必须和你的人生宏图息息相关。如果只做一件事情，让你觉得自己没有白活，你会做哪件事情？第二，对这件事有明确的描述。宽泛的画画、写作、旅行，并不能成为一件事情。第三，做了这件事，其他的事都变得简单或不那么重要了。

比如，如果你只做一件事情，能够成为一个旅行家，你会做哪件事情？也许，你开了一个博客，专门写不同地方的美食以及人们对于食物的不同态度，这将会成为你的第一张多米诺骨牌。由于角度新颖，渐渐获得了一些关注，于是有人来聘请你做导游，有人请你给餐厅或旅行社写广告软文，还有人约你写一本关于旅行与美食的书。你的业务越来越多，生活也越来越忙，渐渐地没有时间再写博客。那么，在这么多事情当中，只要做了哪件事情，就会让其他的事变得简单或不那么重要了？写一本书，能让你有更多的成长。同时，书的内容还转化成你的博客文章。于是，写好一本书，就成了那件最重要的事情。

努力做好一件事情，是成功的法则。人生太短，我们没有时间为太多不相干的事情分心。人生其实也挺长，足够你把一件事情做好。不时地问问自己，做哪一件事情，能够实现我的人生价值？做哪一件事情，能够让我的工作获得提升？做哪一件事情，能够让爱情升温，让家庭和睦？

.4.

去做你想做的事情，人生充满了可能，你不去试试，又怎么知道自己不行呢？当你走出第一步，并且坚持下去的时候，你才会发现自己有多强。

有一首歌叫《倔强》，里面有部分歌词我很喜欢：

我的手越肮脏，眼神越是发光

你不在乎我的过往，看到了我的翅膀

你说被火烧过才能出现凤凰

逆风的方向更适合飞翔

我不怕千万人阻挡，只怕自己投降

15 岁觉得游泳难，放弃游泳，到 18 岁遇到一个你喜欢的人约你去游泳，你只好说“我不会呀”。18 岁时你觉得英文难，放弃英文，28 岁出现一个很棒但要会英文的工作，你只好说“我不会呀”。如果你的青春已经有太多遗憾，为什么还要让未来有更多的遗憾？

年轻时，越嫌麻烦，越懒得学，后来就越可能错过让你动心的人和事，错过新风景。那么，你是否愿意用现在的努力，去换取一个不后悔的将来？

.5.

想学英语，看看时间还早，看会儿电视剧吧；这个电视剧怎么拍的，情节都对不上啊，太无聊了，还是玩会儿游戏吧；游戏玩得差不多了，一看时间，半夜 12 点了。算了，还是明天再学吧，反正也不差这一天。

减肥中呢，却总是管不住自己的嘴，看到这家店要去尝一尝，看到那个好吃要买回来吃一吃，还不断地安慰自己，减肥不差这一顿。

于是，我们给自己找到了很多的借口，什么拖延症啊，懒癌晚期啊，人生得意须尽欢啊，五花八门，各式各样，这些借口也都说得过去，还附带着勇于自嘲的幽默感。

然后呢？

然后，我们会说：唉，我也想改变啊；我好迷茫无助，我好惆怅无奈；我也不想这样的；我想做得更好但就是找不到方向。

再然后，我们仍然在原地踏步，止步不前。

.6.

当我们想要改变目前的生活状态时，要纠结的不是目前会得到什么或者失去什么，而是改变后要达到什么状态，要做些什么来达到自己想要的状态。

目光短浅的人格局自然就小，总是揪着小得小失不放，长期如此，只会故步自封。因为没有风险的事毕竟只是少数，越求稳，能做的事就越少。

孔子曰“三思而后行”，但不要让“三思而后行”成为“只思不行”的借口啊。

.7.

时间真是一个奇妙且公正的东西，你整天大吃大喝，时间久了就会发胖；你每天坚持锻炼，时间久了体形就会变得很美；你整天游手好闲，那么即使有万贯家产，时间久了也可以坐吃山空；你勤勤恳恳地努力挣钱，时间久了也可以白手起家。

因为，你做的每件事，你是否真的坚持认真做一件事，时间都看得见。坚持认真做一件事，时候到了，你自然会得到时间的嘉奖。

曾经看过一篇文章说，一个人如果愿意坚持七年去做一件事情，就可以成为这一行的专家。只要你不急功近利，一步一步地坚持走下去，时间就是最好的伯乐，你想要的，时间都会给你。

.8.

改变生活，从今晚开始。

晚上 6 点到 12 点，你回到家，虽然身心有些疲惫，但你是自由的，做任何事情都不必听命于他人。

这段时间，你当然也可以像关掉办公室的电脑一样关掉你的大脑，但你也可以做一些事情，让你变得更聪明、能力更强、人脉更广。

从今晚开始，每天抽出一小时来做这些事情，我保证，一年之后，你的职业生涯将会同现在有云泥之别。

.9.

我不信时间，我只信自己。去见你想见的人，趁活着；去做你想做的事，趁还有时间。别说为时已晚，人生的词典里，永远没有太晚。

摩西奶奶 76 岁学习绘画，轰动全球。她曾说：做你喜欢的事，哪怕已经 80 岁。

杨绛先生晚年创作散文集《我们仨》，直到 104 岁还坚持写作，笔耕不辍，即使在人生最后一程，也依然美丽。

其实，“想不想”“做不做”“见不见”，都抵不过你内心深处最后的“愿不愿意”。所有的选择，不过是自己掌控。

没有太晚的开始，不如今天就行动。总有一天，那个一点一点可见的未来，会在你心里，也在你脚下慢慢明晰。

别让未来的你，讨厌现在的自己，要让那个他从心底感谢现在这个不畏艰难、拼尽全力的你。因为生活不会亏欠每一个脚踏实地的人。

.10.

我们总试图通过改变外界的环境来为自己枯燥、单一的生活注入一点新鲜感。可是生活原本没有高墙，高墙只在我们心中。我们的无力感并不是来自生活，而是来自“懒得去思考，懒得去改变，懒得去修补”的心态。

我们需要逃离的从来都不是生活本身，而是自己安于现状、抗拒改变的心智模式。摆脱不了这种模式的人会一辈子被无力感追捕，东奔西跑疲于奔命，或是干脆抹杀掉自己想要上进的一点点斗志，安于做无力感的猎物。

请别太急着推翻自己的生活，急于摆脱让我们心生倦怠的工作、专业和恋人。如何“挖生活的墙脚”，为自己的心找一条出路，让生活更充实一点、更有趣一点、更有希望一点，才是最应该先去思考的事。

对抗自己的心最辛苦，然而只有对抗它，才是我们真正生活着努力着的证明。

.11.

作家六六在《双面胶》里写过：这人哪，不能太舒服了，太舒服了容易得病。

以我的经历来说，太舒服何止会得病，年轻的时候太舒服，人就废了。

人不可能永远拿着一点看似过得去的薪水，安慰自己平淡是福，不累就好。当你老了，发现自己想做的事情做不了，想要的生活得不到，才会发现年轻时候用舒服来自欺欺人是多大的罪过，那时就真的晚了。

前几天看到一组照片，一个卸货工人，60 岁，胳膊和腿青筋暴起。看到这里，所有的懒惰和矫情都会掉到地上碎成渣。

实话说，我们比这个老人轻松多了，不用为吃不上饭担忧，偶尔想小资一把不觉得心疼，购物也不用一分钱掰成两半用，在家里就跟皇帝一样。

现在，只是叫你为了人生拼一把、苦一把，你怎么就怕了？

.12.

明明知道努力可以做成一件事，为什么不去努力呢？

因为，努力的过程太辛苦了，要克服阻力，远离舒适区！

跑步和控制饮食能减肥，可是要忍住美食的诱惑，迈开沉重的步伐，汗流浃背，就放弃了；学英语要背单词、练听力、说口语，养成每天不间断学习的习惯，在日复一日中积累，很是辛苦，也放弃了；写作要多看、多读、多思考，笔耕不辍，费脑耗时，又放弃了。

你什么都没做，就不要去羡慕人家曼妙的身材、口吐珠玑的流利英文和六七位数阅读量的文章。没有吃人家的那份苦，就没资格去尝那个甜头。

别总是羡慕他人的光芒，想想他们背后的努力；别总是畏惧黑暗的日子，你若在黑暗中自省、自拔，你也可以穿透黑暗，绽放光芒。只不过，生命是慢慢积累的过程，很多事情，需要经历等待才能看到努力后的结果。其间的种种艰辛、泪水、汗水，旁人不会知道，也未必会理解，个中滋味只有自己才懂。

不要责备命运赐予你的太少，生活对你过于吝啬，每个人都有挣扎与努力，都有困惑与宿命。总有人比你强，比你弱，比你幸运，比你不幸，这就叫生活。若想成为理想中的你，那就狠狠心，别让自己过得太舒服了。

.13.

看过一期节目，是杨澜采访乔丹。杨澜问乔丹："你很多年来在各个方面都取得了成功，你的动力是什么？自此以后，你的目标是什么？"乔丹回答："我不知道，我活在当下。眼前的事每天都会发生变化。"

所以，何必去担心未来？未来每天都在变化，我们没办法预测，唯一能过好的，就是当下，着眼于眼前。

人生最坏的结果，并不是未来过得不好，活成自己不喜欢的样子，而是当下拥有变得更好的机会，可是，你却在担忧中错过了改变的时机。

所以，不要把最美好的时光拿来杞人忧天。踏踏实实走好当下的每一步，才是最要紧的。

情感篇

.1.

生活总是像诗般抑扬顿挫，像山般高低起伏，像路般柳暗花明。有欢笑必然有泪水，有高潮必然有低谷。

无数的生活琐事、情感纠葛，构成了笑泪横飞、有血有肉、鲜活动人的生活。一地鸡毛的人生避无可避，但我们可以将这一地的鸡毛扎成一个漂亮的鸡毛掸子。

将那些恼人的生活琐事梳理成漂亮的人生印记，做出一件完美的作品交给人生。让琐碎的小事经过梳理成为宝贵经验，让苦难最后散发出成功的光芒。

电视剧《欢乐颂》中有一段经典台词：“生活虽然一地鸡毛，但仍要欢歌高进。成长之路虽有玫瑰有荆棘，但什么都不能阻挡坚强的心。”

当我们老了，坐在摇椅上品着茶，回忆着数不清的鸡毛小事，脸上一定是带着骄傲与自豪。看啊！人生，你给了我们那么多艰难，给了我们那么多纷扰，我们最终还是向你递交了一个完美的作品啊。

.2.

所有“忍不住”去犯的错，都是因为那个代价不明晰，或者你在有意回避。于是你纵容自己被欲望驱使，去获得一时满足。而掩耳盗铃的结果，就是不得不承受那个注定要来的苦果。这个苦果，就由不得你选择了，忍住得忍，忍不住也得忍。

所以，太贵的幸福，就别去消费了。否则过度透支，太难偿还。或者，你先把该吃的苦都吃了，攒够了资本再去要幸福。

爱情也好，尊严也好，自由也好，你配得上的幸福，才会真正属于你。

.3.

我们往往对和我们利益相关的领导同事们表现得彬彬有礼，却对真正牵挂我们的父母苛刻有加。和父母争辩赢了，仿佛瞬间可以得到一种膨胀的满足感，仿佛终于维护了自己的形象、认知、价值观及所谓的信仰。在这个证明的过程中，父母含辛茹苦的付出就被我们残忍地忽略了，我们眼里满满都是对他们的不满，他们见识那么狭隘，他们没有学过心理学，他们不懂得如何正确关注我们的成长，他们是那么简单粗暴地将一己之愿强加在我们身上，让我们喘不过气来。

现在的网络时代对于老人来说就是一个前所未有的挑战，很多事物超出了他们的认知范围。当他们表示出好奇的时候，一定不要用“这么简单的东西你都不知道吗”这样的话来打击他们，你可以说“其实现在科技发展太快了，别说你们了，有些连我们自己都还蒙着呢”，然后再慢慢用他们能听懂的语言告诉他们，这样一来，父母心中就会感到宽慰许多。

人说家有老人是个宝，能有老人在我们耳边叨叨，是一件多么幸福的事啊。

.4.

我们这么努力地寻求独立，不是为了有一天能放弃依赖，而是为了有力量去抱紧想要抱紧的人。

不要去指望伴侣、朋友的成功，能对你起到什么惊天动地的改变。“他们的东西”，再多余也是别人的东西。他们可以对你好，但那些爱屋及乌，是情理，而不是道理。

你的好伴侣，是你的底气，而你的强大，才是你身边人的底气。我们是这么的平凡，却是那么多人眼中的中流砥柱。

我们缘何努力？不过是，因爱而起。

.5.

人一生最后悔的事是什么？不少人临终时的一大遗憾是：朋友少。缺少朋友，尤其缺少好朋友，是很多人的心痛。

一个人一生能认识多少人、交多少朋友？从小学认识的人算起，中学、大学、工作单位及其他关系人，把你能叫出名字的都写下来，不过两三千人，你所熟悉的也就百人左右。

牛津大学人类学家罗宾·邓巴的研究显示，一个人只能与大约150人维持稳定的人际关系，也就是说人的好友圈不会超过150人，对于超过这个数量的人，人们顶多能记住他们的相貌和名字，彼此的了解极为有限。

交朋友的成本主要是时间，一个人的时间是有限的，因而决定了一个人不可能交太多的朋友。一两个知心朋友，一二十个好友和百多个朋友已是朋友圈的极限了。

结交朋友要随缘，但更要珍惜把握住各种机缘。你关心过多少人，就会有多少人来关心你。天堂在人际关系里，孤独是人间地狱。

.6.

当你听不懂的时候，其实恰恰正是你最好的成长时机。有时候，做一个会听的人，其实比会说，能学习到更多。

人和人之间也是这样，那个敢于虚心说“我不会”的人，往往能得到更多帮助，虽然会不可避免地面对某些轻视。那个敢于承认“听不懂”的人，一定比装着听懂、放过自己的人，要成长得更快速。

不是只有会说话，才能叫高情商。一个令人舒服、放松、愉悦的倾听者，远比一个夸夸其谈貌似占据上风的演说家，要收获到更多的真情和真意。

所以，如果你是一个好的倾听者，千万不要感觉卑微，因为你的存在太重要了。比如我，就绝对不愿意失去那个能听我好好说话的朋友。

.7.

我想，可能很多朋友就像相交线，在某个时刻，相交出灿烂的回忆，一起快乐和伤心，之后就分开，朝向各自方向，各自成长，以后也难是同路人。

而最恰如其分的友情，应该如平行线。我们不需要交集得多么轰轰烈烈，只求留一点距离感给彼此，多一些尊重与欣赏。在各自不同的生命轨道上，变化、前进，然而我们却是同样的平行线，不过分疏离，也不过分靠近，保持各自的个性，却又是同一类的人。

有一次在网上看到琦殿的话："最难得的朋友是什么样的？即使在分别后各自经历人生，再重逢时，发现彼此依然是熟悉的。这份熟悉感不来自怎样相似的经历，而是你们已经在不同的生活里变成了更好的人，而且永远是同一种人。成长即是默契。"最恰如其分的友情，应该就是这样吧：有默契地各自成长，并能在不同的环境里，共享同样的心境和感受。

.8.

所谓知人难，相知相惜更难。逢事必从上下、左右、前后各个角度来认识辨知，我们主观的了解观察只是真相的千分之一，单一角度判断，是不能达到全方位的观照的！

当你要对一个人下结论的时候，想想：你所看到的真的是事实吗？还是仅仅是你从一个点、一个面的观察所得？

我们是不是也常常因为"亲眼所见、亲耳所闻"，对他人产生了某种印象，从而为他人贴上某种标签呢？

有多少人，因为自己的"亲眼所见"，尤其是在亲密关系里，从此耿耿于怀，甚至怀恨在心……可悲的是，到死都不知道，其实是自己"看错了"。

两个人交流时，其实是六个人在交流：你以为的你，你以为的他，真正的你；他以为的他，他以为的你，真正的他。你想，这里边会有多少误会？会有多少误解？

你总在和“你以为的他”交流，你知道“真正的他”的想法吗？

.9.

一个不知道区别对待别人的人，其实并不是一个合适的交往对象，如果我们愿意仔细观察一下，就会发现身边有很多这种现象：有的人对于对他不好的人，天天拼了命地付出，而对于对他好的那些人，又毫无顾忌地疏忽和伤害。

这种现象在感情中最常见，对自己爱的人无限度付出，受尽伤害依然不肯回头，对爱自己的人却予取予求，蛮不讲理。

因为人身上或多或少都有一种劣根性，总是花很多时间去取悦那些根本不在乎你、不会感恩的人，而对于身边那些默默付出的人，却冷漠残忍得很，那是因为心里明白这个人对自己好，所以就会肆无忌惮。

但具备这种思想的人都是不成熟的人，当一个人的思想和心志渐渐成熟时，就会慢慢克服这种劣根性。

所以，在人际关系中，我只有一个建议：把你的好用在那些在乎你的人身上，远离那些无论你怎么做都不会在乎你的人。坚持这一点，你会发现这个世界无比简单、无比美妙，根本不需要天天纠结谁没有珍惜你，谁没有对你好，谁特别过分，要知道，没有人能对你过分两次，除非你允许。

.10.

听过这样一段话：“维系婚姻的纽带不是孩子，也不是金钱，而是关于精神的共同成长，在最无助和软弱时候，有他（她）托起你的下巴，扳直你的脊梁，令你坚强，并陪伴你左右，共同承受命运。那时候，你们之间除了爱，还有肝胆相照的义气，不离不弃的默契，以及铭心刻骨的恩情。”

爱，从来都不是单纯的索取和享受，而是共同的成长与进步。

别把自己当成玛丽苏式的主角，也别指望天上会降一个兼具各种美好的他，然后对你一见钟情。

除非，你足够好，足够有见识，能在任何场合、任何人群中成为闪耀的珍珠。你是什么样的人，就会遇见什么样的人。

只要两个人价值观相同，没有太大分歧，然后一起努力奋斗，一起去体验生活的变化，就很好了。其实，也只有这样的感情，才能经得住考验，爱得更长久。

.11.

想了想觉得也是，即使我们不打电话、不发短信，即使我们一年不曾见面，但每次相见依然如同从来不曾分开。一个眼神就可以懂你，或许，朋友就是这样。

一个冷清的人该如何过一个热闹的人生？冷清，不是不爱，不是不关心，不是不思念，不是不在乎。只是，所有的爱、关心、思念、在乎都被藏在了心底。我亦想张扬肆意地去表达，却终究只能把这一切春风化雨。当我在意你的时候，我希望你面前是真实的我。

有些人的热闹是朋友里的亲密无间，有些人的热闹是生活中的花团锦簇，有些人的热闹是事业上的锦绣前程，有些人的热闹是爱情中的你侬我侬。这些都是千姿百态的人生，都很美好，也值得珍惜。但我所期待的热闹，却是细水长流中的长久相依，是山高水远处的久别重逢。你记得我也好，忘记我也罢，我始终在那里，不曾远离。

我们或许就是这样冷清的人。但冷清的人未必没有一个热闹的人生。

.12.

也许我们这一生，会做很多错事，会做很多错误的选择，也或者，爱错了人，走错了路。但是永远不会错的是，学会爱自己。

爱护自己的身体，爱惜自己的羽毛，守护自己的内心。你足够爱自己了，才不会轻易被痛苦击垮，不会随便否定自己，会相信自己有能力获得幸福，你会想尽办法让自己开心起来，而你也会在看到曙光之后相信自己会变得更好。

什么是更好的自己？

就是永远不放弃自己，永远相信自己有变得更好的能力，永远都爱着自己，以此更深情地拥抱这世界，蹚过痛苦，捕捉幸福。

.13.

幸福是什么？成功是什么？我们到底怎样才能过上自己的理想生活？所有这些问题，肯定在每个人的脑海里都翻滚过。对我而言，到最后不过是最简单的一点：做自己。

我一定是跟别人不一样的，所以永远不要拿“别人也那样”这样的话来作为金科玉律，我常用的反击是：“所以我才不那样。”我绝非不愿意听从别人善意的劝告和建议，我只是很认真地去找自己的目标，很努力地去做自己的事情，很用心地去投入，很自觉地接受结果。

和别人是否一样，永远不是我判断自己的标准。唯有我内心的幸福感，才是唯一标准。

后　记

非著名作家贾海修的第四本书《落英缤纷》即将问世。与之前两本不同的，这本是编著，而不是著述。

著在散文。散文是对生活的回顾，对工作的感悟，对人生的思考。虽然肤浅，但都是真情实感，能与人产生共鸣。《父亲的水泵厂》被多家报刊登载，在“掌上偃师”配图转发时，当期点击人次高达3339。时任偃师市委宣传部部长马洪福说：“一是有真情实感，于平淡中见真情，感人至深，耐人寻味。二是有板有眼，过往故事，桩桩件件，如在眼前，勾人回忆。三是语言纯朴，厚重有味儿，徐徐道来，温润如玉。四是以小见大，以孩子眼光看世界，以水泵厂的变迁为背景，写的是平凡生活，感慨的是世事沧桑。五是见人见物，生动有趣，短短一篇小文，写了众多人物，父亲、老刘伯、开车师傅、洗澡吹风女工，还有天真、聪慧、顽皮、勤奋的那个‘我’……寥寥几笔，众多人物形象活灵活现，跃然纸上！六是生活底蕴深厚，善观察，会表达，有根基，写出的东西是自己体验感受过的，来自生活的发酵，而非无病呻吟，从血管里流出的是血。”洛阳日报社社会部主任温燕看了《鸡蛋茶》说：“您每次写的文章，都让我很有带入感啊！”《洛阳日报》

执行总编郑征看了《我的乡愁》说："羡慕老兄有这么个其乐融融的家族！敬佩老兄朴实流畅文笔下蕴含的赤子情怀！"偃师市副市长赵丽看了《岳父祭》说："父母之爱如大江大河，表面平静内心壮阔，虽爱而无声，感人至深。"

编在书评。《玉色瑗姿》《抱朴守拙》面世后，很多读者、专家、教授、朋友写了书评，写了读后感，有的发表在报刊上，有的发布在网络上，有的发在朋友圈。关于书评，惯常做法是请人去写，碍于面子，褒的多；还有请人组织研讨，为了捧场，颂扬的多。这无可厚非。长篇小说《玉色瑗姿》清样出来后，我邀请大学同班同学、洛阳师院副教授写个书评，任凭褒贬，拟出版时原文附后，供读者参阅，但是久等无果。倒是大学班长、《河南科技大学学报》编审王栾生悄无声息地发来了一篇书评，让我非常感动。散文集《抱朴守拙》出版后，收到看到许多书评，全部是自发而为，让我感慨不已。有心栽的花，它不一定绽放，无心插的柳，偏偏摇曳多姿、绿荫如盖。此次编入的书评，是《玉色瑗姿》出版（含再版）时没有辑录的，以及能收集到的《抱朴守拙》的全部书评。这是抱着感恩的心态编辑的。因为我深知，没有读者朋友的支持，任何作品都是空中楼阁。

这本书中还编了一些励志短文。自从有了微信后，微信便成了每个人的自媒体，晒吃喝，晒心情，晒工作，晒游程，甚至广告推销，五花八门，无所不有，有时也真让人不胜其烦。从今年起，我每天早上醒来就浏览、摘录、编发一些微信中的励志短文，除了配图，自己的内容很少，并且成为习惯，没想到很受欢迎，朋友们不仅广泛点赞，还普遍转发，或给朋友，或给子女。不是心灵鸡汤，胜过心灵鸡汤。偶尔停发，有的人还电话或短信提醒催促。这是正能量，也会增加该书的含金量。

因时间关系和难以查考，书中编发的书评和励志短文基本未注明出处，有的也未能署名，敬请相关作者谅解。

作为非著名作家，出书更多是为了一种责任。

我想到了书名——“落英缤纷”，它出自晋代陶潜《桃花源记》：“忽逢桃花林，夹岸数百步，中无杂树，芳草鲜美，落英缤纷，渔人甚异之。”“落英缤纷”形容的是花瓣纷纷飘落的美丽情景。

想了想，我感觉，其书名还是名副其实的。

《落英缤纷》的出版得到了我的大学老师王刘纯、党委办公室系统好友辛俊峰、洛阳日报社同事吴常青的热情支持，在此一并致谢。

贾海修

2016 年 10 月 26 日